剪出一段旅程

周慶華 著

序：以哲理入詩的旅程

賴賢宗

《剪出一段旅程》（以下簡稱《旅程》）是周慶華的最新一集的詩創作，所謂的「剪出一段旅程」不只是剪出一段個人的人生的旅程，也是剪出一段周慶華以文學創作來關懷當代社會的旅程，在生態破壞、情感氾濫、價值虛無的大地之上的疲累旅程，正如一開始的時候所說的「我一個不能疲累的旅人得繼續往前走」（〈楔子〉），詩作表面上俏皮、到處逍遙的慶華其實是充滿任重道遠的責任感。

周慶華的《旅程》表現了作者在東西方文化觀之中的旅程，反映了當代人的扯裂與迷惘，尤其是表現為情意氾濫，「呼叫情人一次／必須擾動空氣一圈又一圈／迴聲都傳進了旁人的嘴巴裏／吐出來的話語一定是烙紅過的」（〈果茶半杯〉）。《旅程》的許多詩刻畫兩性情欲十分露骨，可能超出了許多人對於情欲的可以接受之尺度，可以歸類於「限制級的」的作品，例如〈愛情濃度〉、〈那話兒有點漫長〉、〈藝事〉、〈再出發〉、〈不能比長短〉等。但是，這些詩作也不是一味煽情，而是往往突然跳出幾句作者對於某種意識形態（某些退墮了的創造觀）的批判，書寫了作者在緣起的機遇性之中，對於陰陽氣化相吸的致命吸引力的自身驗證，在戲謔之中帶有幾分的作者獨特思想反思。

慶華在他的哲學論文中，將東西方文化觀分為氣化觀、緣起觀、創造觀三大類型，在《旅程》中，慶華以哲思入詩，最明顯的是〈世界觀你我他〉、〈上帝呀道呀佛呀〉、〈終點站〉。《旅程》最後一首詩〈終點站〉說：「創造觀氣化觀緣起觀包裝的世界／只有一個乘願再來生死兩光……／我們的終點站有一個完好地球的新名詞」，慶華在此詩的終句之後，畫了一個圓圈，這類似禪宗的一圓相，寓乎無盡，震乎無盡，詩集的結束之處是充滿痛苦的開放結局——在我們充滿生態破壞的價值虛無之時代，詩性的力量激發我們存在的勇氣。

氣化觀、緣起觀、創造觀的傳統文化觀如何在當代的後現代情境發揮效能，解決人類的生態危機與文化虛無主義，確實是當前最為本質的人類共通的問題之一，慶華和我都在這樣的存在處境之中。海德格所批判的存有遺忘、科技批判與老子所批評的道的失落與主張絕聖去智；近代以來人類一味發揮單面向的理性，役使自然，以滿足人的膚淺的感官欲望，破壞環境，使心性淪落。而當代的情欲解放，更是使人樂於往而不返。又，而當代哲學日益的技術化，將自己變成學術界少數人的一種精深技術，失去了哲學的靈明之智慧本性，所以無法發揮尼采所說的哲學家是時代的醫生的任務，走出上述困局。對於這樣的時代困境，我很同意慶華的用心與苦惱。我在《悄然生姿》詩集陳述自己對於詩與時代的關係的見解，正好呼應了慶華從事詩創作的時候的心情，我說：「在人類的歷史當中，現實世界仍然一直只是碎裂的破片，只是如果我們從這些碎片中，也看到精神反射的散錯之光，那麼，就真正聆聽到了春花玄音。生命之花是空中之花、花中之花，消散在精神碎片的散列中，並在消散中延宕，延宕其無限光能。這個理解，使我們對人類的愛，在後現代情境的破碎之中，重新得到了鼓舞。」

但是，相較於慶華的悲慨，在自鑄新說而最後多是出之以戲謔，歸結於多方進行破壞性之批判活動。我對於破壞之後的世界未來之境界建設與哲學開拓，還是比較抱持希望，我曾說「詩是大地火炬，凝聚著心中神明，維持人間僅存的溫暖。冬寒，油菜田卻黃花連天，虛無中，大地如寄，燃燒著的又是誰的傳奇，滴露如啼淚。在暗夜的峰頂，只有詩人為人類，滴淚到天明。詩性存有燃燒著存有的詩，思如詩，以此傾聽」（《雪蕉集》〈自序〉）。從而，我希望有識之士能夠融合哲學思想、藝術意境、宗教本懷，從事跨界合作，重整精神，廓清場域，「為人類，滴淚到天明」，為人類創造出新的文化，解答當前的人類文化危機。我視慶華是此一有識之士行列之中的心靈之交，我覺得他對於世界未來與哲學開拓，在嘲諷之餘，在文字的背後，總還是抱持熱情的期待，這是他的詩作的不可忽略的向度。慶華的詩時時流露一種悲觀的趨向，但是在悲觀之中又帶有積極的動能；他的詩作百般嘲諷，而閃爍著思想的靈光，令人玩味其中。

相對於慶華所寫作的許許多多的哲理詩、社會批判的詩，他的抒情詩特別吸引著我，例如他寫於１９７８年至１９８８年的第一本詩集《蕪情》所收作品皆是質地美好的抒情詩。「蕪情」或許可以說是用到陶淵明的「田園將蕪胡不歸」，而「田園」在此是特指「情園」，《蕪情》是召喚自己與人們回歸生命真情的田園。慶華的抒情詩流露真誠、純摯而豐富的情感，往往寫的質樸有力，意象自然清新。我想這是因為慶華為人就是如此，充滿真誠、純摯而豐富的情感，才能文如其人。正如慶華在《蕪情》〈自序〉的感嘆「自己的作品情感成分逐漸淡薄，是從婚後開始的……人來到紅塵就是要背負許多情債和責任」，他總是擺蕩於情感和責任的兩端，而在他後來人生的開展之中，責任以及支撐責任感的思想與決斷逐漸佔據上風。慶華的情味盎然的抒情詩常見於他以前出版的詩集之中，在《旅程》中卻不復見，這是我覺得非常可惜的事情。例如，收於《蕪情》之中的他三十年前的詩作〈雨中散步〉（1978年2月）說：

傘開一個美麗的圓
圓下我是會行走的雕像
踩響大地的囚籠
雨外的青天將無餘音

此中，詩人說「傘」張「開一個美麗的圓」，讓詩人這尊沉思者的雕像也行走起來，「踩響大地的囚籠」，詩人踩響憂鬱沉思的大地囚籠，「踩響」呼應著「雨打」的聲響，使得雨打在傘上充滿清麗「餘音」，「雨外」雖有「青天」之明媚（比喻「理智」），但是卻無此一充滿情味的「餘音」。

《蕪情》（1998年出版）之後，慶華又出版了六本詩集，也就是《七行詩》（2001）、《未來世界》（2002）、《又見東北季風》（2007）、《我沒有話要說——給成人看的童詩》（2007）、《又有詩》（2007），以及現在即將出版的《剪出一段旅程》。在後來的這些詩集之中，慶華勇於嘗試新的創作形式，例如《七行詩》將每首都寫成七行、《又見東北季風》將詩寫成十行、十二行或十四行並且以詩作配合攝影作品，《我沒有話要說》是點化景物而傳釋哲理的「給成人看的童詩」。《蕪情》之後，慶華的詩的「情味」被削弱了，甚至是隱身了，而詩中的哲學思想成分加重了，並時時進行對於各宗教的批判與反思。我以為：以哲理入詩，會通宗教本懷，將哲學與宗教融通於詩的藝術境界之中，這應該是當代中文世界的詩創作的一個可以努力的方向。此中，「情味」的隱身並不是消失了，而是融會在哲思之中，必須細細品嘗，才能得其三昧，最近出版的《又見東北季風》最是此中況味的佼佼之作，尤其是一首詩作配合一件攝影作品，不論是文字還是造型皆能境生象外，點化味外之味。因此，在《又見東北季風》的詩作之中，「情感」是更為沉潛於哲理形式的內裏，發越著情理融合的芬芳。例如這首〈我要蜿蜒入山〉，寫的是「侯硐山下人家」（攝影作品標題）：

腳程終於變出了新調
在近距離裏沉澱
翠綠的鼻翼狂嗅著猩紅
卻不敢中斷喁語
我要獨闖內地
通關後秘密才開始
裏面不是千折就是百回
落單已經成了定局
別回頭
入口一樣蕭瑟

詩人昂揚的意志要「獨闖內地」，但是內心知道「通關後秘密才開始／裏面不是千折就是百回／落單已經成了定局」；並不懼怕「落單」，因為「落單」是詩人的命運。孤獨可以醞釀詩篇，詩人告訴自己「別回頭／入口一樣蕭瑟」；詩旅程的入口之處也和旅程終了之處，一樣蕭瑟，終歸迷茫。不管前程與來路，只是活在當下，鼓起存在的勇氣，獨闖詩的秘密內地（心靈的內面空間），向上一機，企求超越，從而遍嚐此中千折百回的辛苦吧！在生命的「轉折」（Heidegger所說的Kehre，Turn）之處，也正是遠近、左右、明暗的不同視域的融合之場所。在「視域融合」之處，「腳程終於變出了新調／在近距離裏沉澱」，在風景的開合融會之處，醞釀詩篇於生命的近處，沉澱著忽遠忽近的芬芳於更為美妙開拓了的視域。將「情感」沉澱於哲理形式的內裏，從而發越著情理融合的芬芳，我自己晚近的幾本詩集也是走在這個創作方向之中。由此觀之，雖然《旅程》已經幾乎完全欠缺第一本詩集《蕪情》中的抒情性，而具有哲理詩的實驗前衛的性格，但是它的這個背景應該也是讓讀者可以歡心善納的。

對於意識形態的侵蝕宰制與對抗於此的藝術激情的自由噴湧，我的〈月蝕〉一詩曾這樣說：

月蝕
瘖啞的火山口
等待
另一個世紀的
噴湧

月蝕下的川流
微光漸漸消失
消失在等待中
風在黑夜中
悲歌
歌唱失去的光明
漫漫長夜
通向天明

慶華的《又有詩》收有〈和月蝕〉一詩是回應我的〈月蝕〉和我在他任教的臺東大學演講之時所展示的「達摩面壁——十方諸佛接手處」禪畫畫作，〈和月蝕〉寫到：

一個世紀
洗鍊心中的灰暗
火山不必等待缺口

就有宇宙渺小的反身詢問
餓了嗎
洗缽去吧
等達摩面壁回來
第三十本自性書中就會有文化治療
再一次歌唱失去的光明

慶華這裏所展現的存在勇氣和對於自己學術創作的信心，令人動容，呈現了一個以哲理入詩的詩人哲學家的自信。雖然慶華的詩作之中的詩情似乎已經瘖啞了三十年，不若《蕪情》中的青春之作的清美，但是只要他在以哲理入詩的旅程之中，能持續地歌唱，與發成詩，歌之舞之，那麼必然是「漫漫長夜／通向天明」。「此情」可堪成追憶，只是當時已惘然嗎？在詩人哲學家的自信與持續不斷的詩創作之中，卻無迷惘。我以此與慶華共勉。

寫於２００７年１０月２９日，臺北大學中文系

目次

目次

目　次

楔子

翻過謎樣身世的扉頁
看到歷史的圖騰裏有燒烤的香味
結繭的味蕾已經無法承載穿梭的重量
讓它釋放

旅程可以重新開啟
雕塑或者剪裁
一段就跨出了古今中外
爬山涉水凌空越海
虛擬真實後又釀製新的真實
無端地的逗留
將會是超常奢侈的享受
我一個不能疲累的旅人得繼續往前走

01 看聖哲出場

在馬車隊揚起的煙塵裏
孔丘面帶菜色纍纍像喪家犬
前有楚狂接輿鳳兮衰德的笑聲
後有莊周不識是非的挖苦和指控
剩下子路還在為他衝鋒陷陣酷似一隻馮河的暴虎
望不到茫茫的回家路上有誰在苦苦的等待
現在只想看見一桌滿滿的美食

一羣魔女被派來引誘兼獻身
已經入定的釋迦牟尼不動如山
風雲變色了有人要勸說供養華屋
說法四十九年未嘗道著一個字

最後卻被小乘羅漢大乘菩薩去了
金剛秘訣禪悟無門也統統在遠離菩提樹後生果
他搞禿了頭還得繼續苦思解脫的策略

蘇格拉底剛走出門就被太座潑了一身濕
自嘲說雷聲過後必有大雨太沉重
到街上找人辯論只因為可以避開河東獅
耶穌在聖山權杖高舉過頭向他呼喊
上帝是我的也是你的
柏拉圖亞里斯多德保羅約翰都是稱職的看門人
大霹靂後我們就這樣各走各的路

02 以你為師

「以柏拉圖為友，以亞里斯多德為友，
更要以真理為友！」
哈佛大學的校訓如是說

「專家只是訓練有素的狗。」
「聽眾是來教室裏吃糖的。」
「民主制度下的政客，就像是尿布，必須經常更換。」
愛因斯坦尼采脫口秀藝人也很驚訝會說出這樣的話

宋儒的口頭禪「天不生仲尼，萬古如長夜」
老早就被韓愈先削去了一大半
「術業有專攻，師不必賢於弟子，弟子不必不如師」呀

還有孔平仲那傢伙也學人在暗中度量
「令人心服是吾師！」

那邊來了一個人張口就嚷
「達摩是老臊胡，釋迦老子是乾屎橛，
文殊普賢是擔屎漢……」
古今呵佛罵祖第一名非你德山宣鑒莫屬

他們都在迷戀
一個上帝一個師尊一個佛陀
偶爾才會想起自己

03 世界就是這個樣子

上帝創造了世界
不對是氣化
也不對是因緣和合
有爭執就一定沒好事
你看猶太人還是一副吊兒郎當
「想讓上帝發笑嗎？
告訴祂你的計畫。」
白人就更不客氣了
「啊，上帝，我們是在思考你的思考！」
但上帝並沒愛過所有的人
祂讓野蠻人有色人種惡一起留在地上
只有不必進化的那些會飛會爬的動物陪白人去出入天國

那麼氣化又有什麼不同呢
它不會逼你說出「大笑是由恐懼引起的」
但卻很在意
「當一個人笑的時候，腹部不動，
就要提防他了。」
舉凡智愚賢不肖壽夭貴賤窮達等等
都在精氣化生的那一刻就註定了
它要勞心勞力分職不用民主
大同社會也已經設計好了卻未能徹底的實踐
只在大年初一家不遭小偷眾人不講髒話還像個樣子
可是緣起那一系也有話要說
上帝又是誰創造的呢
氣化之前是不是還要有氣化呢
不如就把世界開一個口
讓外星人也可以進來攪局
最後大家合十歡呼
我們都開了個天大的玩笑

若法因緣生法亦因緣滅是生滅因緣佛大沙門說此有故彼有此起故彼起此無故彼無此滅故彼滅所謂此有故彼有此起故彼起謂緣無明行乃至純大苦聚集無明滅則行滅乃至純大苦聚滅是故經中若見因緣法則為能見佛見苦集滅道

道生一一生二二生三三生萬物萬物負陰而抱陽沖氣以為和夫混然未判則天地一氣萬物一形分而為天地散而為萬物此蓋離合之殊異形氣之虛實無極而太極太極動而生陽動極而靜靜而生陰靜極復動一動一靜互為其根分陰分陽兩儀立焉陽變陰合而生水火木金土五氣順布四時行焉五行一陰陽也陰陽一太極也太極本無極也五行之生也各一其性無極之真二五之精妙合而凝乾道成男坤道成女二氣交感化生萬物生生而變化無窮焉

上帝創造天地萬物在創造老鼠後說喲我做錯了一件事於是祂又創造了貓貓是老鼠的勘誤表

04

有點酷

迦葉在看到佛陀拈花的時候
只微笑一下就被傳了正法
其他人都還呆呆的等著世尊開示
不立文字以心傳心演變到後來
只剩下棒喝和一個燒佛唾佛背佛而坐的狂徒

「吾愛吾師，吾更愛真理！」
「始終聽話的學生是最對不起老師的！」
尼采跟亞里斯多德在競賽誰比較會講話
終於成就了帕斯卡的名言
「要成為哲學家就去嘲笑哲學！」
結果還得公推詩人賀德林出來收拾殘局

04 有點酷

「活著，就是在捍衛一種形式。」

老子不姓老倒騎牛過關
據說化胡化到了悉達多那一幫人
莊子姓莊妻死先敲臉盆慶祝再去夢蝶
辯贏惠施後濠梁的忘憂魚就去通報公孫龍前來報仇
墨子荀子韓非子史記漢書都想湊一腳
百花齊放了只有孔孟的徒子徒孫寂寞乾瞪眼
個個重新學神仙術上崑崙山

輪迴轉世如果可以一次大洗牌
動作快的變烏龜
發瘋的去做三任上帝
中西不想活的人都交換來貼上封神榜
金字塔裏的木乃伊讓他復出
世界從此不再失眠

後記：

沒想到有點酷的儀式
多得讓人酷的有點吃不消
管它什麼緣起觀創造觀氣化觀
那些有點酷又不會太酷的撈什子世界觀
我就是要挺你酷過頭的
小小一隻忘了叮人的蚊子
（書末真的後記會給你寫一首詩）

05 經典非我

二十幾歲讀完十三經註疏
研究所入學口試卻被教授戲弄
「你把論語當經？」
我在故紙堆裏還發現有道德經南華真經水經茶經酒經
怎麼論語就不能當經你要騙誰

昨天很晚睡
翻閱佛經不一會就看到文字在跳躍
般若華嚴密咒楞嚴唯識中論紛紛撲過來
它們讓我覷見蓮花底下躲了一個童生
他正在書寫青蛙變不回王子的故事

舊約新約都看遍了
還是找不出做愛的發明人
夏娃偷偷告訴我是他先進來的
亞當也偷偷告訴我是她先敞開的
這時空中傳來上帝忿忿的聲音
「他們拍A片都沒有付過版權稅！」

06 歷史會說話

那位在英國皇宮親自燒毀所撰寫英國古代史的老兄
從來就沒有正式瞧過伊麗莎白女皇一眼
她是那麼老邁而嫵媚值得
虛構一篇傳記有關宮廷的秘辛她的情人們
不然你也可以自己想像漫漫長日裏要有一些無聊的把戲
才能填滿歷史的空白

司馬遷被閹了雞雞後終於想通了
寫部史書勝過所有的口頭控訴
到班固那羣御用文人就不再這麼幸運
他們為了保住項上那顆腦袋
已經變得不會使用下半身思考

始作俑者應該懺悔沒有讀通歷史

部派弟子究竟在爭什麼
集結那麼多經典就是少了一部佛陀的羅曼史
他打坐都是靠女人的美貌在加持
剛揮走幾個影子又飄來一陣脂粉的濃香
本來打算委屈幾天就要回家的
有人阻止說我們正在寫歷史不准你缺席

評語：

很巧六六大順
多了後面這一段六行詩
正好可以充當完結篇
歷史很難搞
要體諒

07 被騙了的文學

割肉餵鷹捨身飼虎變鹿還想吃象
藏蝨吞不了一條蛇卻成了盲牛
大智度論起塔因緣經佛所行贊譬喻經都說了
偈語寓言不能相融正準備要逃離
中土的禪師高手曾經發過重誓
不夠瞧的作品一概閃邊去
迴聲許久許久才散逸
一旁解離解了一半的紅樓夢剛好走出場

中國文學史不放紅樓夢
只因為那裏面有才子佳人在談柏拉圖的戀愛
紅中紅滿門盡繡

樓外樓空檻生香
夢怕夢多
這是我撰寫的對聯加橫批
詩經楚辭漢賦唐詩宋詞元曲明清小說都不夠看
大荒山無稽崖青埂峯下的一塊頑石正在點頭附和

文學是讀書人的騙術
四的法則那本書這樣說
所以荷馬藉著繆思的膽子誑了我們
但丁彌爾頓波特萊爾也都是高明的賭徒
好不到那裏去的還有莎士比亞托爾斯泰和海明威
只有喬伊斯馬奎斯符傲思知道一點野蠻的樣子
他們都會被掃進歷史的坑谷裏
因為他們馬扁了文學

08 卡位

「橫眉冷對千夫指，
俯首甘為孺子牛。」
魯迅講了這句話就可以安心的去死
「兩腳跨東西文化，
一心評宇宙文章。」
林語堂噴菸斗噴出這兩行字也可以掛了

「幽默就像阿斯匹靈一樣，
可以減輕痛苦。」
卡繆吸毒吸上癮不然怎麼老是惦念著虛幻
「敵人的讚美，
它的可怕大過惡魔的詛咒。」

那些不知名的西方人上帝見多了就想跟魔鬼打交道
他們不會死而無憾卻會加重歷史的負擔

「天上天下，
唯我獨尊。」
少不更事的悉達多最愛開這種玩笑了
「如是我聞，
如是我聞。」
尊者的恭維都變成了黏膩的甜點
一遍又一遍的冒充正餐在吊我們的胃口

我會記上一筆
這是反影響的最好機會

09
後設一下

九是老陽得休息一會
天數要回轉看民曆預防吉凶
用七行起頭只為了嚮往我所不信的上帝造物的本事
祂累壞了回家睡覺我才出門工作

此外還有二行三行四行五行六行亂七八糟行
都跟我先前出版的詩集有關係
它們跑跑跳跳忽古忽今既東又西
一下子寫實一下子超現實一下子魔幻寫實
不是我想駕馭就可以叫它們停下來的

嘲弄別人和不滿自己是兩條企圖交集的線
我每到寫詩時節就嚴肅不起來
只好在紙頁上拚命的奔馳彩染然後
就不再理會那兩條線是要交集還是要平行

10 再出發

就像香水一樣
高跟鞋套在女人的腳上永遠
有性的興奮刺激你我從不褪色的貪婪
毋須黃金比例的身材
三圍也不定要恰到好處
撐得起來的就不會辜負上帝的美意

蓬蓬裙的時代遠去了
露點肚臍和小屁屁的迷你裝流行
新款的鏡映裏有煲湯的味道
燒烤也可以珍藏舌尖粉嫩的顫動
走起來不比蓮步卻也節奏搖曳

最想把它帶回家寶著

如果不是上帝生給她們修長的腿
翹起的臀部和凸出的乳房就無從眷戀那一隻高瘦的柱子
生物學家說陰蒂的感覺區和腳的感覺區在大腦裏相連
她邀你上街買鞋就得速速成行錯過了
一定沒你的好處
但假使是穿給別人看的就另當別論

11
藝事

裸體畫到一半
模特兒有性的衝動怎麼辦
畫家已經自慰過了
話語不會勃起
上帝你來傷腦筋
一節兩千元在亂了套的時刻是不是太貴

肌膚不用皴染純靠本色
曲線是早就被設計好了的
抱一抱可以想像上帝當時的暈眩
祂造的卻得讓給別人去撫摸
臉上只要有微笑下面的花朵就會綻放

進去逗留一會保證雙雙能再一次的呼喊你
「哦，我的上帝！」

除了雕刻家
誰都無法想像上帝那樣自己塑造人類自己精神享用
維納斯已經名花有主了
大衛則專屬於米開朗基羅他可能是個同性戀者
演戲在舞臺裸奔拍電影私處對準鏡頭
他們都想告別伊甸園的夢魘
上帝你葷素不忌也太令人訝異啦
只有脫光光才知道誰是誰造的

多幾行變換花樣也緩不濟急一切都掌握在祂的手中

12 那話兒有點漫長

白人每天出門都在擔心關鍵的一秒鐘
依照上帝形象所造的人不停地吃喝拉撒
那鐵定也會有單份足量的排泄物從天上掉下來
自己絕對不願意當那個被擲中的倒楣鬼
如果有人還要為上帝辯護說祂會吃喝但不會拉撒
就得再請他看清另一面
上帝那話兒似乎都還不曾使用過
也許瑪利亞未婚懷孕那次是祂幹的
但隔這麼久才偷偷秀一下生鏽的寶刀
連到處播種的宙斯都要懷疑
你崇拜的上帝是不是已經陽痿了

不能再這樣胡亂猜想下去
鏡頭轉到亞當的時代
夏娃忘了去找工具量尺寸
她的後代就跑出一個黑皮膚的來了
據說中柱長到直抵膝蓋
性博物館都可以免費典藏
從此白人的世界開始由彩色變成黑白的
他們只敢在浴池裸裎相見
或者把教堂拉拔到跟天一樣高
隨後再矗立幾根大廈顯示他們是有能力硬起來充場面的
只是蓄奴後又不經意瞥見他們的女人眼光都投向那些鼓鼓的褲襠
如今在田徑場上比對方短減重了還是跑不贏人家

越戰退不了兵
詹森總統被記者逼急了
突然扯開拉鏈露出一隻瘖啞的小鳥
「看吧，就像這樣！」

上帝掩著臉不敢往下望
祂要回去躲在陰暗的角落慢慢撫平一顆被刺受傷的心
都是一堆窩囊廢
動不動就生自己無法昂奮的氣
還有那些發瘋了的牧師神父
竟然在舉辦閹割大賽
讓黑人兄弟一再的撿到便宜光明正大的站在旁邊偷笑
看樣子我上帝有必要重來威風一次下另一道動員令
「所有跟那話兒有關的故事全部改寫！」

附錄：
季辛吉說「權力是最好的春藥」，但無法勃起的不算。

13 愛情濃度

一根棒槌
遇到一個凹洞
最甜美的性滋味就這樣幸福的翻飛
除了它再也沒別的致命的吸力了
垂死的肉身作者願意作見證

女人胸前的高腳杯可以醉酒不能暢飲
聶魯達剛剛逡巡一遍回來
手裏有翹起彩動的臀影
腿內晃著一朵初綻的玫瑰上有嬌嫩的露滴
他依然不怕痛苦要向另一處深淵探險

13 愛情濃度

誰能夠像馬維爾一樣對羞怯的情人許下潺潺的諾言
我要用盡幾千幾萬年讚美你的眼睛愛你的乳房和你的心
還有你身上每一個地方然後躲進你茂密的叢林
奧登我走出的一夕裏另外有　張等著兌換的支票
親親我將愛你直到中國和非洲相連大洋摺疊起來晾乾

這是奶蜜流淌的世界
從上帝忘記造門起就汩汩稠稠的瀰漫每一個翱翔的空間
不必測度自會有前來學習的癡情種
在退了燒的膜拜後重新
歌頌愛它的高溫不能稀釋

補述：

「通常看女人的陰道，你可以用手撥開它，但是康蘇拉的，像花一樣綻放。那陰戶自己從藏匿的地方露臉，小陰唇擠出向外翻，鼓起外翻，非常催情；那種黏滑柔軟的浮漲，讓人一摸便興奮。」羅斯可能最知道愛情的濃度在性裏毋須攪拌就可以啜飲得到。

14 你會紅

我思故上帝在
藏在雲端的祂想笑不敢笑
我思故我在
不敢笑的祂終於放心的笑了
奧古斯丁笛卡兒你們都不會讀心術
我思故上帝在上帝不在變我在我在上帝也在
這是什麼鳥詩沒有一點邏輯

如果有人說二加二等於五
那麼那個人一定是教宗
他乾巴巴的望著上帝的臉龐第一個搶到會紅的位子
原創就是沒被發現的抄襲

神學家英格拍了上帝的馬屁緊跟在後
第二名是跑在最前面的輸家
難得洋基隊教練早就覷見上帝不可能同情失敗者
那一句是他收藏許久的名言

每個人都想效法牛頓站在巨人的肩膀上
靠想像力統治世界創造自己
隱喻藝術的衝動
然後像西撒大罵發明輪子的人是笨蛋
上帝的仲裁就留到最終的無言以對

詩人數學家天文學家都在穩定不平衡的智慧
他們要以最小額的銷售來博取最大的利潤
不給人餘地賭一條魚離開陸地是否還能呼吸
忠厚老實的上帝騙到了你我手中的真理
慢點基進精神醫學正要強暴繆思

痛苦已經過去恐龍帶著注意力的貧乏回來
你紅了嗎有一天會的

延伸：

「破壞規則的衝動，是人類最享受的樂趣。」一本叫做《惡魔花園》的書這樣說。

15

賭

環遊世界八十天
從英國女皇到販夫走卒都在下注
一夜間翻盤上帝輸了

巴斯噶立刻出來坐鎮當莊家
牧羊少年奇幻之旅力敵拜倫的唐璜
金格隆的媒體現形刮走自由因為
它是另一種形式的奴役

紐曼說實用知識是一堆垃圾
仍然阻止不了那些想要看得一清二楚的人
玻恩被愛因斯坦槓上還在生氣

上帝你擲不擲骰子呀

詩人可以猜一種四體發光的動物
他受到的啟示很震驚
卓別林的丑角夢裏一隻眼睛笑一隻眼睛流淚
別懷疑這都是上帝的愛

彌爾頓發現和平的破壞力不亞於戰爭
創造力和宇宙都大爆炸過了
我們要賭達爾文的猴子也是你雕塑的

《我們人類》引言「人類地位」大辯論：

(1) 靈長類動物學者蒐集了許多實例，顯示猿猴和人類非常相似。

(2) 動物權興起，讓我們不得不努力尋找各種理由，說明人跟其他物種到底有什麼不同而必須另眼相待。

(3) 人自認為人不只是生物分類的問題，還具有道德意涵。

(4)哲學界有一個懸宕已久的問題是：人自成一類是暫時的還是永恆的。

(5)人工智慧研究則讓我們不由得猜想其他人造事物也可能擁有「人的」特質。

(6)基因研究的結果出乎意料，人類頭一回發現自己和禽獸原來這麼相似。

賭式的回應：抄得不完整，只為了方便把每一條的賭金都調高一塊美金。

16

明天來決鬥

「讓眾人懼怕勝過讓眾人喜愛，
為人殘酷比為人慈悲更加精明。」
馬基維利發出了英雄帖
有種的就帶槍來山崗
射下烏鴉不見傷痕的人獲勝

「你們願意人怎樣待你們，
你們也要怎樣待人。」
路加福音最喜歡看見流血的場面
那邊有人高舉旗子
唯一掉落死去的烏鴉是靈媒的念力幹的

「一個人想要了解自己，
如同不轉身就想看到身後的東西一樣困難。」
梭羅的槍法不輪轉
火拚了一個上午
還是敗給德菲爾神廟那句認識你自己的箴言上

「不和諧，
會導致發現。」
威廉斯的帕特森一劇總算想通了
明天最後的決鬥
不是你死就是我亡

瓦萊里說
「威脅世界安全的兩項危險事物：
秩序和無秩序。」

17 臭氧層破洞關你屁事

砰的一聲槍響
九隻鳥飛離了天空
掛在樹上的那隻抬起頭望見
軟軟的風裏有太陽燒焦的味道
蔚藍不再出水
涮過的彤雲寫意也兼彩釉
從西邊掃進東邊又迴向南邊
小河在嗚咽
通達北邊上方的霓虹失蹤了
有人乘坐方舟投入飄泊
聽不到上帝磁性憐惜的祝福
亂了

17　臭氧層破洞關你屁事

玩命也不必冒險
等待偷渡變成一種最新的儀式
你說的現在未來彷彿都已經死去一次
還有什麼可以仰光的
鴻濛不能上場表白

18

誰喊救命

明天過後影片裏死了許多人
雙子星大樓倒塌現場有魔鬼在監督收屍
南北極的上空缺了口方便你我通往天堂和地獄
不會哀號的星星正在代為啜吮南亞大海嘯酸腐濃黏的醱酵味
它們都不想進駐這世紀初華麗的新聞版面
文字要哭了
它不知道書寫災難也會成為一種罪惡

罪惡可以呼喚戰爭與和平
上帝你的彌賽亞來了一陣旋即又去了
留下一羣黑天使賣力在駕駛已經失速的地球
看看唐吉訶德的長矛到底要投向那一邊

18 誰喊救命

風車巨人的鋒芒才會跟你妥協
沒有戰地春夢也有飄的傳奇
在汪洋的阻隔後血腥的追逐就會上演

上演的戲碼都從歷史的圖籍裏騰空翻出
一齣一塊土地一片燃盡的愁容
中場留給自己喘息
然後瞧著四處破敗的景象伸手
接到一顆滾燙的記憶
上帝的洪水裏沒有被釋放的靈魂
一個個的走來臺前爭軋主角忘了疼痛

19 再後設一下

十九仍然逢九
不同的是它承載了白人沈沈的劫數
超越顛峯和創造奇蹟像兩支陽具
遜色的那支是上帝的
剛仿造磨光的那支是他們的
露出來量一量也長不過眼見的範圍
卻要老是挺著而不肯向挫敗鬆軟
只好一節一節的枯等在時間裏透紅撐爆

已經裂開的煙塵不會有多餘的故事
覆合後就是一座天然的墳塋
性賭決鬥都會讓殖民征服更熾熱

天體營裏的猴身和馬腹連上帝都懶得偷窺
他們卻相信這可以填補臭氧層的破洞
你會紅神父講的話
樣子好像噴了香水的陰道
不准喊救命
從那裏起來就在那裏溺斃

批閱：
做愛就好，其他都別幹！

20 先幹

今天午後吃了一客自助餐
裏面有星稀的腥味
中年的心事還裝不滿碗
更別說溢出來透光

女人可愛的多過可恨的
想著她們可以保值
不必看到乳房有臀部就好
鞋子自己去買錢給你

上床要快速解決
脫衣服太麻煩

20　先幹

摸完不是敏感的地帶
衝到頂就遲了

欣賞對方的胴體麼
祖先還沒有給我們開放這條權利
摟著親嘴也是
旁邊有人會嫉妒

氣化生人就是依賴這些老規矩
男的不能太硬慢慢烘焙
女的可以欺軟你退出我自己深入
受不了的請自行迴避

21

包滿了

我們的想像力都給了
仕女畫上還只是一抹雪脯
吹彈可破的肌膚在小說裏可以看到
絕對不會在你面前現身

美女裹著一團氣踩上蓮花出場
只有五官和纖纖玉手可以回答你的驚奇
不是門當戶對的相親要靠門簾
後面你要的鞋尖的刺繡會小聲說話
抱回家疼惜就會有好運道

文人畫山畫水不畫那話兒
那畫兒在雲霧繚繞中容易委頓

21　包滿了

不帶刺的玫瑰遇到煙雨也會凋零
從來沒有人願意拿去街上拍賣
脫光和名譽是兩回事
別的地方才有這種格調

餘絮：

空白太多會引來荒涼
我決定從這裏開始得補不補
這是氣的啟示所容許的

22 不能比長短

兩個點穿過太極
動了
陽精跑出來尋找陰精
密合的配對
鑿枘的另請高明
我們都不是造化的子民

如果可以生氣
你的牙籤和他的木杵為什麼不能交換
它們探測崖洞必須賠上不同的尊嚴
最後還得自度這兒沒有其他人種
繼續遮掩吧

掀開了一切都會回到原點

擔當不起高聳的建築對天微笑
起碼也可以跟南洋杉併列一起賞花
祖先崇拜陽具廟都給了不孕的婦女佔去
一羣捧著自己寶貝的人卻無處問津
他們不愛競爭曠男怨女的排行榜
只因為一股氣始終禁止越界隨便混到對方的體內流竄

這裏沒有垂下無法再仰起的焦慮
打仗割敵人首級有那話兒的半個不取
罵人一聲無能三輩子都會得到不嗣的報應
當過宦官的返鄉時命根子記住帶著
不必改寫那話兒的故事
它們都差不多簡短

23

果茶半杯

別人喝的是奶蜜
我們沒有福分清淡一點
水果熬茶
口味不多還帶酸澀

放眼看去
都是一個款式沒有高低起伏
被衣物層層障蔽了的
不曉得躲在叢林裏的玫瑰長什麼樣子

呼叫情人一次
必須擾動空氣一圈又一圈

23 果茶半杯

迴聲都傳進了旁人的嘴巴裏
吐出來的話語一定是烙紅過的

登徒子只好用偷看的
孔雀東南飛後的愛戀真的都雙飛了
倒楣一概留給唐明皇
他的玉環可以脫離敵人的魔手卻無法不跑去妓院落戶安身

十年一覺揚州夢
杜牧贏得了青樓薄倖名
故事還是好的
果茶喝到一半接到徵兵令就慘了

長相思長相思若問相思甚了期除非相見時長相思長相思欲把相思說與誰淺情人不知
望瑤臺之偃蹇兮見有娀之佚女吾令鴆為媒兮鴆告余以不好雄鳩之鳴逝兮余猶惡其佻巧心
猶豫而狐疑兮欲自適而不可

蒹葭蒼蒼白露為雙所謂一人在水一方溯洄從之道阻且長溯游從之宛在水中央蒹葭悽悽白
露未晞所謂伊人在水之湄溯洄從之道阻且躋溯游從之宛在水中坻蒹葭采采白露未已所謂
伊人在水之涘溯洄從之道阻且右溯游從之宛在水中沚

24 沒份

成就自己麼
我們都像風中的一片樹葉
兀自飄蕩著孤絕的淒涼
山不語水也不語
落地後無聲又無息

不許你跑第一
第二第三第四第五第六都不會原諒你
原創抄襲的邏輯誰也沒看過
笨蛋和發明家隔著一張紙而那張紙卻不見了
真理要回歸倫常吞吐美感

立德立功立言
三不朽偶爾會互相嘲笑
既然紅不起來又何必做作說溜嘴自我安慰
人家特准衝動去破壞規則
這裏永遠有著過期的完好承諾

氣聚把我們拴在一起
我們另外編織一張灰撲撲的網
撒向四面八方防堵大家偷渡
站起來這是我的位子你去旁邊等著
收到這句話表示十年後再來探聽行情

強出頭的人
都會比照校園裏的榕樹給你戴上一個鋼盔

25 聽天由命最好

七分天註定
三分靠打拚
作流行歌曲的人昏了頭才分不清三七兩個數字
大的那個是天神的
小的那個留給我們平分
你沒看七哀七啟七發七諫七政七略七廟作七都在跟靈界博感情
把它偷偷帶走會有你受的

誰要稟氣化生為人
就看什麼時候飛不起來
精氣最純的天神從來都沒有暈眩過
祂是不會摔跤的

別人都在賭大
我們不過圍在一起拿妻小作抵押
通往天堂只有一條路
他們的焦慮到了我們這裏就自動消無
今朝有酒今朝醉
明日愁來明日憂
最好的人生規畫就是沒有規畫

26 算計你

黃熟的稻穗都會垂下來悼念
年輕時芒刺向天的昂揚
只因為有風吹襲

果園裏的串串粒粒
沒有挫折也要學著低頭
也是因為有雨捶打

風和雨都強挾氣勢
密滲細灌不讓你儲蓄抗拒的動力
集體買醉也許是最後的解藥
在獨處時趕快吞食

閑著沒事鬥鬥氣
只是擬仿
偷放支箭開始有了創意

看你們都不敢抬頭
我敲一下也沒人會發現
世界到了這裏真的不太奇妙

逢人且說三分話
未可全拋一片心
昔時賢文努力在教我們一些大道理
不必投降

27 可憐蒼生

廣寒宮在嫦娥飄升進駐後
只准玉兔搗藥吳剛伐桂
其餘的閑雜人等不能再妄圖非分

無數世紀後一支支的火箭穿透地球的防護罩
太空船翩然的降落杳無人跡的宮廷
神話故事變色了
爾後的太空梭人造衛星忙碌的進出監攝
兩個星球的想像距離從此走入歷史

新的縮地術在飛機的起降間一次就練成了
輪船砲彈戰爭機器把大海陸地儘可能的扭曲變形

屠殺滅種掠奪宰制就像毋須預告的災難
一轉眼已經強迫著為事實
他們的神躲進雲裏偷笑我們的同胞卻無處哀告

如果可以回到過去
渾沌不要被挖鑿七竅
大爆炸也改由變形蟲在按鈕操控
然後我們都乘坐著氣筏
到安全的地方冒險

現在該誰負責的就誰講話
不字的口頭禪要爭氣化為具體的行動
失蹤的嫦娥不會樂意看見我們再死去一次

28

默

屏息一次
世界就要多了幾許冤魂
地震海嘯戰爭墮胎都在乾嚷
不夠不夠給我新的配額

書寫文字的浪漫
總是從網中偷偷的溜走
把罪惡懸掛起來
一天鞭打一次
新聞版面才可以還給你

史書上的殺伐
都是標定了區域的

如今卻在異時空中就置人於死地
不能翻看自己的身世
很多遊魂都要跟來這裏尋找避風港

「醉臥沙場君莫笑，
古來征戰幾人回。」
已經回家的通知尚未回家的
古詩裏有你需要的酒和漫長的死亡
沉默延伸會變成一條線
捱得過去的就不用在另一端升天

29 又後設一下

第三個九不算連莊
別人一根兩洞
我們先幹了就沒根也沒洞
美女包裝得酷似出不了水的芙蓉
有風吹過才站起來開放
不管你是小牙籤還是大木杵
老祖宗有規定就是不能再比長短
相信這個絕對有避免過多性幻想的好處
寫果茶半杯無非要提醒你在我們這兒沒有奶蜜可喝了
看開一點就不會連對老是擋你的人也要恨得牙癢癢
消極哲學有時候也會有積極的作用
耐磨耐操耐震和最後想死

對人暗放冷箭可能也是為了憐憫蒼生
沈默最好不要全部留給自己享用
該噴火痛責洋人的就得勇於噴火漫燒

30

臭皮囊

地水火風都空了
這一身賤骨頭還有什麼能吹噓的
不就菩提下那一堆落葉
覆蓋過了佛陀
還要來覆蓋我們

皮囊永遠是臭的
不臭的皮囊不叫皮囊
臭了的皮囊還是臭了的

佛陀領悟的道理就是這些
不能再多了

多了他就不是佛陀

在野地聞不到陰道的香水味
溢出的稀腥自有回收系統
呆會傾盆大雨過後
就有彩虹架出夢中的鵲橋
跨不過去的人都得在這一端跟她繼續纏綿

31 上空就可以了

只是引誘
去了魔女又來飛天
奶子給你看
第三點要用布包起來

那話兒沒機會使喚
眼睛吃冰淇淋也涼不到心底
烈陽晒痛了皮膚
星星月亮會來輕撫
只要你老實坐著就行了

東鄰的女人瘦身能裹幾層就裹幾層
西鄰的女人不愛時髦衣服能脫幾件就脫幾件

我們這裏折衷
看你還能怎麼遐想
故事喜歡就自己去編

我又得打坐了
念一遍無常就可以免一分相思
醜的不排擠美的美的不嫉妒醜的
心裏就會太平

32 沒聽過它有什麼關係

放逐自我
就像棄置一根陽具那麼簡單

這不是什麼邏輯
只要搞到頭禿了你就會懂
如果不懂也沒關係

成天抱著那話兒太辛苦
閹掉又會造業
他們比不比長短都是一種解脫
忘掉它很快就會墮入地獄

說話顛三倒四有點危險
還沒舉起來就急著原地放下
成佛似乎是這樣得到永久保障的
我們不書寫那話兒出席的歷史
它不是太漫長就是很短暫

短路：

隔壁的詩人奧維德說：「沒有食物和酒，愛會變冷。」冷藏好，不然那話兒又要蠢蠢欲動。

33 如水

灑掃庭除可以練就不舉
想女人就會再度挺拔
愛到佛除

　　仰看浮鳥過
　　須負百年身

詩句可能有抄錯
誰的規定
心不動也不能包括這件事

他們都在分解愛情的濃度
果茶還是奶蜜

獨獨漏掉了一瓶清水
它一瓶清水
沒有震動
剛剛被漏掉了的

34
輪迴等你

賭上帝存在有關幸福
我們不搞這一套
大事小事都要聽天由命
也太過有個性
這裏只有六道不佛就得輪迴

菩薩都回來了
無著世親龍樹蓮花生大士還猶豫什麼
打坐如果可以成佛磨磚也能作鏡

涅槃太寂寞
有雪無花不叫雪花

穿頰釘舌練瑜伽就像爬山上不了頂峯
歸來不把梅花嗅鐵鞋無處放
想成佛的還是要輪迴

一隻猴子抱著一顆壽桃
要給你當賭注
那邊這邊挑完了格子剩下的都給牠

法藏菩薩今已成佛現在西方去此十萬億剎其佛世界名曰安樂成佛已來凡歷十劫何等是淨佛國土……諸菩薩莊嚴佛土為令眾生易度故國土中無所乏少無我心故則不生慳貪瞋恚等煩惱有佛國土一切樹木常出諸法實相音聲所謂無生無滅無起無作等眾生但聞是妙音不異聲眾生利根故便得諸法實相如是佛土莊嚴名為淨佛土如阿彌陀佛等諸經說

一切眾生從無始際由有種種恩愛貪欲故有輪迴……當知輪迴愛為根本由有諸欲助愛發性是故能令生死相續

一切世界始終生滅前後有無聚散起止念念相續循環往復種種取捨皆是輪迴未出輪迴而辨圓覺彼圓覺性即同流轉若免輪迴無有是處譬如動目能搖湛水又如定眼猶迴轉火雲駛月運舟行岸移亦復如是

隨批：

盡在不言中。

35

解脫了還放不放

搶第一爭第二等第三
沒份的變你會紅
撈什子人生都有這種規律

停車坐愛楓林晚
霜葉紅於二月花

卸不下的全部擔去
再來時竹籃要空

見山是山見水是水
見山不是山見水不是水

35　解脫了還放不放

見山只是山見水只是水

老僧參禪找入處最後睡進茅棚
時間垂垂老邁了
俊俏的裝扮要它動起來
謝絕捧場
迷離的都是看花眼

36 全部給

打從拒絕世界的挽留開始
茅屋被風吹走了
月光穿透樹隙剛好照到那個人
他寒著上身來強討僅剩的一件衣物
給你後
我就跟你原先一樣

前面有人在相約決鬥
槍響了鳥飛走
後面草叢藏匿兩支冷冷的箭
一支瞄著別人
一支反向對準自己

36　全部給

他們都知道最後勝利的那個不定是誰

還有什麼比這戰爭的前夕更寧靜
身語意三業算好了投擲的後座力
來一個摁一個
摁夠了就可以回家
家在回不了的崎嶇路上
突然發現還沒有全部給完

37

重回淨土

欲望捅出了臭氧層上的破洞
可憐蒼生一輩子要跟紫外線搏鬥

流奶和蜜的土地準備一次永久的乾涸
枯坐也想像不到不死不生最後要在那裏安身

呼吸不了的水和空氣相信潔淨不是奢侈品
它們現在所能哀悼的是自己的輓歌

火山爆發跳出來的是冰雪
一種快速的冷卻已經成了最新的前衛運動

37　重回淨土

青山裏隱藏了無色的不安
有一隻祕雕魚從核電廠的排水口自我流放

不能說你們貪取地球的光榮史
從來就沒有人餵足膽量問過它不要什麼

欲淨何曾不淨
欲不淨何曾淨

38

寂

沈默可以抵擋呼喊救命
在寂寂的野地
星月依舊撩動著黯淡的光輝

溜走的文字找回罪惡
書寫就能獲得解脫
從此愁容歸給滾燙的記憶
新聞版面要離開避風港

靈魂或者不能得到釋放
升天就成了最後一個儀式
回看你我的身世

笑和殺伐都帶著疼痛
沒有退路

失速的地球在毀滅前
准許你控訴
直到一切都荒蕪了為止

39

仍後設一下

連著四個九
真的是連莊吔
被擠壓的臭皮囊再度膨脹
遇到上空的女子瞬間都走丟了彈性
那話兒長短不必計較
反正也不會用它

心靜如水
等你的輪迴就會自動轉向
一切都解脫了
該放下的就放下
如果還有剩餘全部給你

39　仍後設一下

我要重回淨土享受沉寂

你氣化我緣起他創造
精心莊嚴的組合
卻有人要被迫流浪
在自己的星球
奔跑出一道傷痕
然後拆夥

40

世界觀你我他

那話兒大小長短
攸關一個神的尊嚴
只要是祂創造的
都得讓它堅挺起來比壯觀
墮落凡塵的鳥
轉過彎還是要回去找尋神聖的棲息地

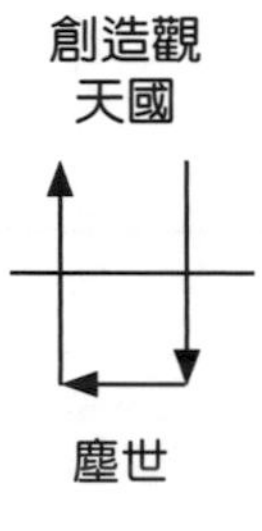

沒有人准許你愛誰多一點
你就得自行撫慰療傷

性的致命吸力有神鬼人一札在監視
要的話只能偷偷盜壘
這裏不會有特權
我們都在一個擁擠的空間享受不能孤寂的滋味

氣化觀

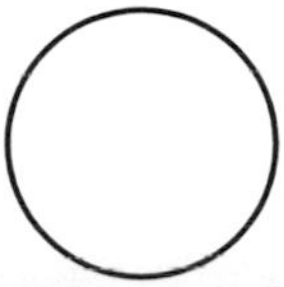

塵世／靈界

糟蹋自己的身體
就像水要甩掉風的糾纏
全部給它看它還能怎麼樣
自我埋進土裏久久才出來呼吸　次
烏龜知道了都會自嘆不如
這是槁木死灰成佛的另一種基進的儀式

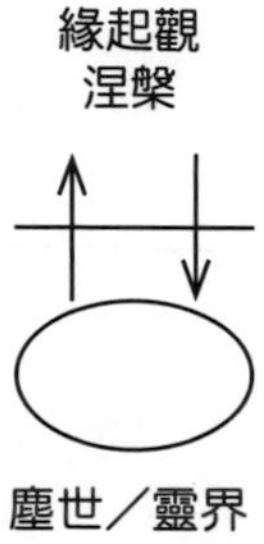

你已經了解的和不想了解的
答案一樣三個圖會說話

41

上帝呀道呀佛呀

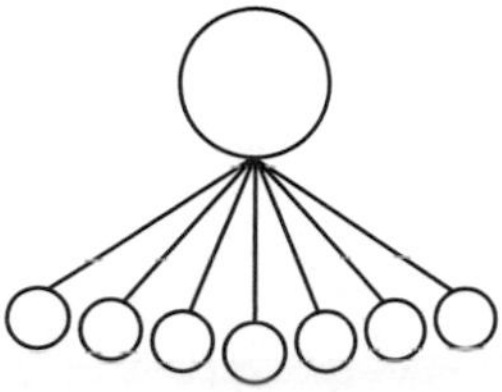

我不是藏鏡人
卻喜歡躲在雲裏窺伺你們
希望你們都去搞唯物論懷疑論
那樣我就更加確定你們都是我造的
上面的圖不是為你們每一人擺定了位置麼

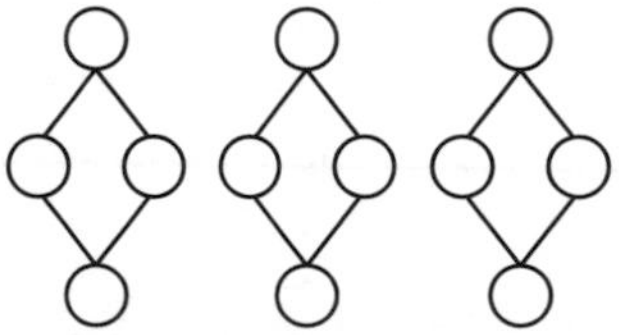

道生一一生二二生三三生萬物萬物負陰而抱陽沖氣以為和

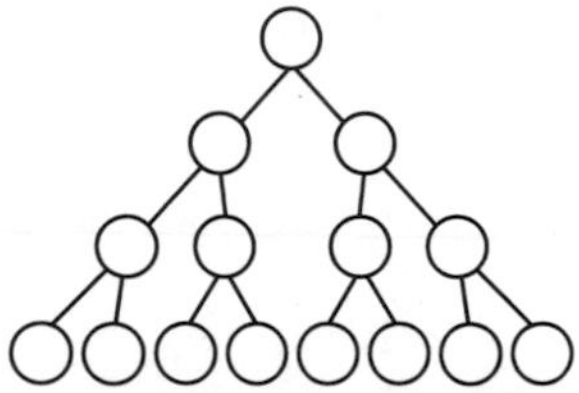

易有太極是生兩儀兩儀生四象四象生八卦八卦定吉凶吉凶生大業

不論你選那個圖
你都是一團氣還有它所孳生的血肉

41　上帝呀道呀佛呀

有辦法的去踏斛斗雲行縮地術
甘願逐風而逝的吃飽等死就可以了
別問源頭也不必擔心歸趨

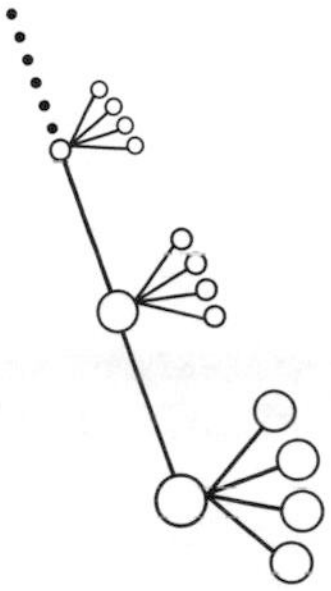

看吧你從那裏來誰能說得清呢
紛亂的世務包裹你
就像你包裹紛亂的世務
截斷念頭
大家就都自由了

我是上帝可以大聲講話
你是道得保持沈默
他是佛不能大聲講話也不可以保持沈默

42 科學有事

「啊，上帝，我們是在思考你的思考！」
牛頓這一聲讚嘆掀揭了多少震驚宇宙的秘辛
沒有人會再相信可能陽痿的上帝已經放棄對世界的掌控
日月星辰風雲變幻還有你想得出來的一切細小東西
都重新要歸功給祂
「我，就是科學的源頭！」
從此上帝不必再躲躲藏藏
露個臉萬人空巷的歡呼就會響起
不滿足再去抓住其他突兀跑掉的道德美感政治激情
然後回頭來創造一個新文明

42　科學有事

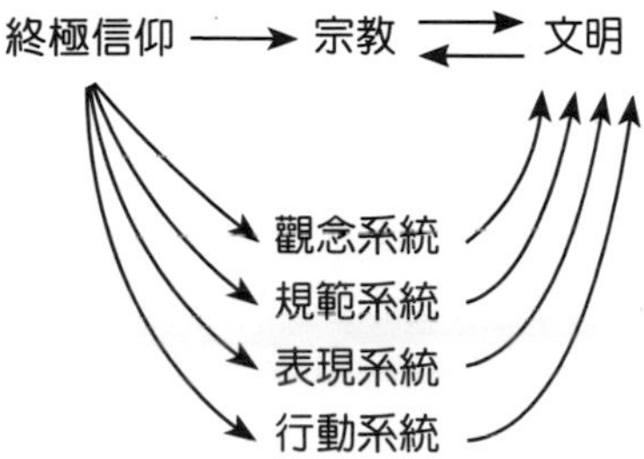

新文明遺棄了道的潤滑佛的剪裁
如今像一頭怪獸衝出柵欄狂奔地球潰爛的傷口
李約瑟早就噤聲了
他期待的睡獅清醒後準備要去綑綁別人的上帝
「還回來，我們有你偽造標誌的把柄！」
氣化消失了緣起也隱匿了
飢餓的大國相約在崛起

背後有天上傳來冷冷的笑聲
「仿冒永遠不可能變成正牌！」
我們要回家塑造另一個不會發脾氣的上帝

43 塵世從你有難

海底湧起一輪火紅的太陽
上帝你要的光帶著血
給不肖的子民離開伊甸園後忙於互相廝殺照路

諾亞的方舟就像沒有邊際的蒺藜
阻礙著善良的人逃離
最後又讓藏匿的邪惡復出荼毒

彌賽亞來不來
允諾在上帝你的沈默中
信徒哭著要鬧分裂

那個自稱是聖靈化身的人
治癒了流落天涯的餘痛
臨去前留下一個原罪強迫大家來分攤

上帝你接受了懺罪彷彿懺罪也接受了你
一場塵世的急迫感開始上演
模仿創思變成尋求救贖的唯一憑藉

殖民征服養壯了優選意識
全球都在更換政治經濟的零件
會墮落的依然狂放的墮落

零和遊戲上帝你早就不玩了
前往天堂的路上標誌都在自動迴轉
箭頭劃到那裏災難也會跟到那裏

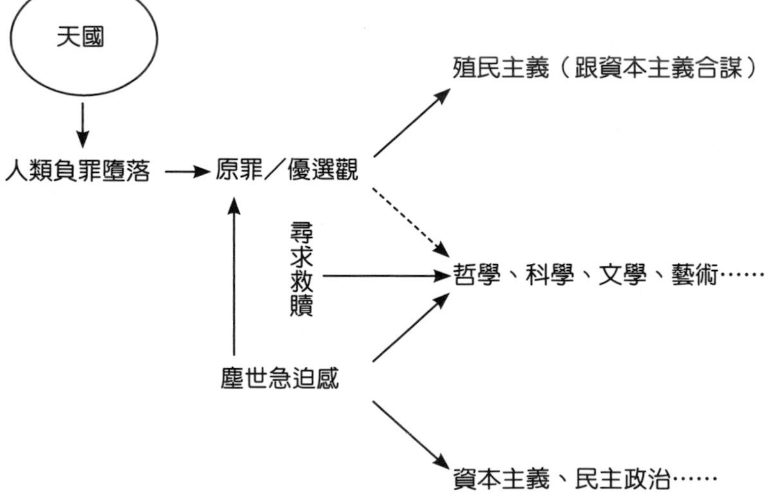

44

愛不愛

跟情人相約在牆角
愛不能被瞧見
只有仁人可以出來仲裁
該分釋的就得分釋

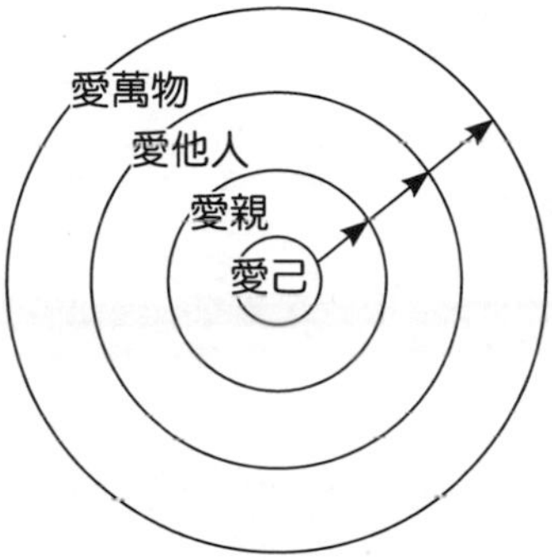

我佛大慈大悲
都是說給聾子聽的
停下來
無心往返一次
靈識就會回天乏術

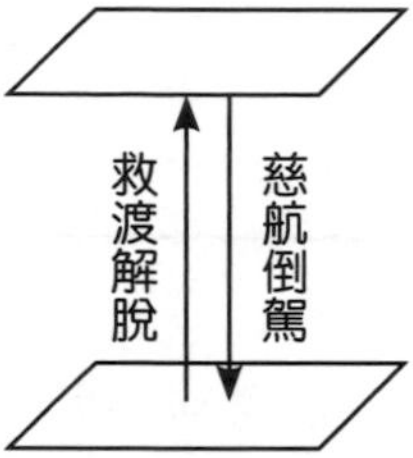

你得愛同類就像同類愛你
上帝會弄不清誰是上帝
一個假相
宣告著圓圈裏的文字將要自我消失

44 愛不愛

人我不分

仁愛看著辨
慈悲暫時無法分享
博愛上帝會嫉妒

45

爭否

明天來決鬥
算計你
全部給了
還要不要讓爭字當頭

45 爭否

決鬥獲勝的人在上面排成一橫列
算計你僥倖成功我自己推上去
全部給了沒人善後有黑點會代替

排成一橫列分贓就得小心被錄影存證
我自己推上去天垮了要有能耐頂著
黑點代替太久容易變污濁

網狀民主金字塔帝制混渾無政府
倒過來相軋第二波爭端早已經再起
一隻變形蟲決定退出
進化的行程

46

地球只一個

重回淨土
只為了蒼生可憐
臭氧層破洞流洩的元氣
足以喚來戰亂地震
海嘯瘟疫還有
污染恐怖
糧食環保核武專家站在快要失去動力的熱汽球上
答案丟掉最胖的那位男孩抱走徵獎的高額彩金
依然拯救不了重創迷亂的飛翔
回看高距雲端的上帝
道和佛早就廉價出售給你了
幾時不再帶走那些子民拋下濁世的劫難

46 地球只一個

我們要許願
地球只有一個

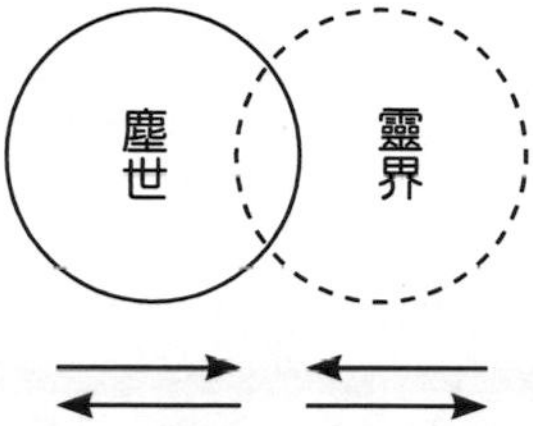

47

乘願再來

生命誕生了
上帝退場

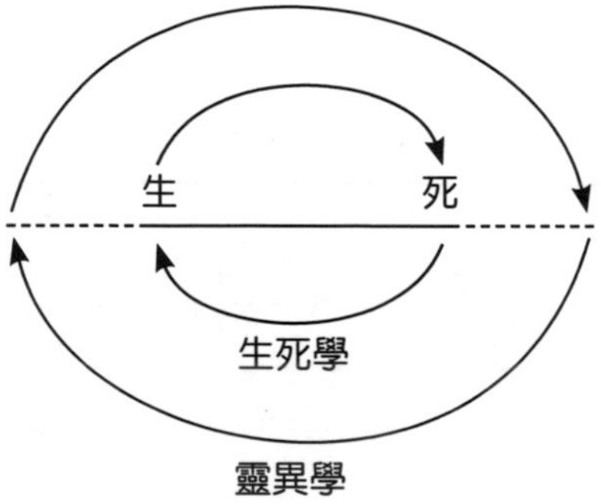

47 乘願再來

道化為一股氣內在主著
佛想去六界遊走

誰喊救命祂都不應
沈默是最佳策略
枯寂賺到口碑

躐等跳過生死的關卡
看到的是一星熒光
躑躅吐納間過了百年身

靈異纏擾
有最新的迷幻藥
嗑一回
可以乘願再來

48

終點站

創造觀氣化觀緣起觀包裝的世界
只有一個乘願再來生死兩光
爭否愛不愛塵世從你有難
科學有啥事要這樣逼迫上帝讓位
道佛結伴同行
順便邀上帝來人間喝茶
我們的終點站有一個完好地球的新名詞

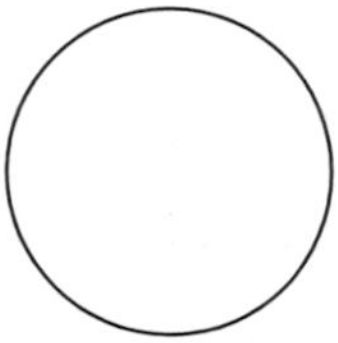

完好地球

外星人你來了
不必題對聯粉刷牆壁

清風明月青山綠水
都會關照你輕踩的足跡

如果送客是最後的一個儀式
我們就有理由參加自己來世的葬禮
遠去了的鐘聲
夜半細細的敲醒一朵含苞待放的山茶花

49

最後後設一下

大衍之數五十其用四十有九分而為二以象兩掛一以象三揲之以四以象四時歸奇於扐以象閏五歲再閏故再扐而後掛……是故四營而成易十有八變而成卦引而伸之觸類而長之天下之能事畢矣

後設一下
再後設一下
又後設一下
仍後設一下
最後這一後設也只能一下
「大衍之數五十，
其用四十有九。」

49　最後後設一下

連楔子五十首正合天地相乘數日
只用四十九首也很方便現代人卜筮
我對世界沒有仇恨只想戲弄

那話兒的故事還可以加長
愛情濃度要稀釋或添味隨你高興
大家一起裸體和平仍舊不會提早到來
歷史說太多話圖騰可要旋轉出焦味
你會紅還是沒份輪迴後就知道

評論

甜蜜又沉重的旅程

李金青

一、詩的意象

這是詩，那是詩，
什麼都可以是詩，什麼也都可以不是詩
詩是世界上最簡單的文體
從筆尖流露出什麼就是什麼
無所謂對錯
也沒有文法結構
想寫就寫想停就停
沒有一個人能批判另一個人
因為批判只會顯示出自己的無知
因為詩的特質就是有一種不特定性
可以這樣說也可以那樣說

想怎麼說就怎麼說
把一些不相干的事巧妙的組合在一起
不忌葷腥不分古今皆可入詩

二、詩的樣貌

詩樣的文字充滿魅力
可以天馬行空任意遨翔
可以無厘頭
也可以詩情畫意
可以悲壯豪情儼然是個英雄
也可以與世無爭漫無目的

三、詩的靈魂

詩的靈魂無所不在
一不小心就會被攫住
在恍惚間她會與你同行

在星空下她會踽踽獨行
在混沌中她忽前忽後
飄渺不定
介於存在與不存在間
這大概就是詩的靈魂

四、詩的內涵

詩是有想法的
你想她她就想你
詩是公平的
你不理她她也不理你
你懂她她就懂你
詩是貼心的
撫慰你那飄蕩的心
你愛她她就愛你
詩是細膩的

像粉塵般似有若無
像雪花般綿密滑順
詩是勇敢的
你不敢說的她仗義執言
你不敢做的她責無旁貸

五、詩與人

人是詩的入口
詩是人的出口
沒人就沒詩
沒詩不成人
人詩纏綿
精采絕倫
人是詩的終結
詩是人的永恆

六、人的生命歷程

一個人的生命歷程
可以是直線前進
從出生到終老
日復一日
年復一年
像不知名的小溪
歲歲年年
低聲吟唱
不改變自己也不干涉別人
日子既真實又恍惚

一個人的生命歷程
也可以是迂迴曲折
從出生到終老
目不暇給
席不思暖

如同激流亂竄
時時刻刻
忙忙碌碌
沒有自己也沒有別人
日子既充實又忙亂

後記：

生命的歷程原就是一段一段的旅程組構而成，在周慶華老師《剪一段旅程》的詩集中，寫出了各種不同的生命歷程，和生活的意涵及人生的無奈。

詩集的楔子，讓我心有戚戚焉，就如同我到東大的歷程，是一段來得太早的旅程，一切都尚未準備就緒但槍聲卻響了！從考試前的掙扎與爭執，爭執是因為機緣來得不是時候，我尚有責任未了，因為我曾做了一件「好」事，那一雙可愛的兒女還眷戀著媽媽的魔掌。

雖然，人因夢想而偉大，但當做夢的時節跟生命的歷程無法對位時，生命的樂章頓時失去平衡無法和諧。衝突成為必然；協調更是一定必要，在一片無奈的妥協中我踏上了這一段來得太早的旅程，每個人都是生命的旅人，生命本來就不可能在原地踏步，日復一日；年復一年，不停的向前邁進。既然已經上路了，就只能跟著生命的脈動往前走。沒有對與錯；只有走不走。

人生的旅程大都有既定的軌道，這軌道可能是宿命的，但人生的旅程也有很多叉路，行走叉路會讓自己的生命彩繪出更豐富的色彩。但叉路也可能只是一條叉路，它對你的人生不一定有意義。

到東大語教所這一段旅程，對我而言就是一條叉路，但卻是我醞釀已久刻意選擇的一條叉路，所以這是一段刻意剪出來的旅程。未出發時處在虛無飄渺間；踏上旅程後就如同詩集中所說虛擬真實後又釀製了新的真實。

鎮日埋首於工作和家庭間，早已忘了自己曾做過的夢。當放下一切，回到了最單純的學生身分時，生命深處幾乎被埋葬的夢竟開始悸動了。所以，感覺自己在享受超常奢侈的享受，但面對家庭而言卻充滿愧疚，夜半夢迴時腦海經常充滿了無法承載的重量。

這是一段甜蜜又沉重的旅程，希望它不只是一條叉路。

過客留言

葉明慧

一、前言

「詩」，老覺得生活沒什麼樂趣的我，只有在書本裏才會感覺到它的存在。詩經、楚辭、漢賦、唐詩、宋詞，都是古人寫的東西，讀的時候，感受到詩中的意境，美極了，但是跟我的生活，實在扯不上邊。

當老師要大家寫詩評的時候，心裏一段O.S.，平時老師要大家討論一首現代詩時，大家就要想半天了，以我這種駑鈍的資質，要自己寫詩評，怎麼可能？而且我又不會寫詩，怎麼有資格「評」老師的詩呀！

說真的，能看懂的部分並不多，俗話說「內行看門道，外行看熱鬧」，所以我想，寫寫我的感覺，像是在看熱鬧！也許對老師沒什麼幫助（詩裏應蘊涵不少老師精闢的理論），不過至少讓我吟咏一下「詩」的感覺囉！

二、詩集讀後感

〈看聖哲出場〉：

感覺有點像在看布袋戲，東方聖哲、西方聖哲輪番出場，各有各的心思，各有各的際遇，最後道不同不相為謀。

〈有點酷〉：

從詩裏明顯看出氣化觀型文化傳統、創造觀型文化傳統。「不立文字，以心傳心……」，顯現出東方以團體為單位代代口耳相傳，沒有文字記錄的傳統；「尼采跟亞里斯多德帕斯卡……」，藉由一個個聖哲名諱可了解，西方人獨立自主，不論有什麼想法，都是獨特的自己。

另外詩裏提到「輪迴」。這一直是我感到好奇的。在學校時，就和同學討論到基督教、佛教的不同觀點，基督教不講輪迴，強調人只有一輩子，活在當下，把握現在。而佛教講輪迴，這輩子和你有關係的人，其實上輩子也都是與你有關係的。我不信基督教，也不篤信佛教，對於佛教的輪迴說，我覺得沉重，怎麼一個人永遠要跟身邊這些人牽扯不清？在這方面，基督教的教義顯得乾脆許多，就只有一輩子，珍惜當下吧！

〈歷史會說話〉：

「他打坐都是靠女人的美貌在加持，剛揮走幾個影子又飄來一陣脂粉的濃香」這句話像剛煮熟的麵加了好幾大匙的辣椒：麻、辣、燙。不過篤信佛教的人，看到這句話，不知道會有什麼想法？

〈再出發〉：

女人愛買高跟鞋跟「性」有關係嗎？這也許是生物學家的看法吧！我倒覺得，那是一種增加自信的方法。穿了高跟鞋，身高變高，視角比自己原先的視角高出許多，覺得視野變廣了（心理作用啦）。另外，穿上高跟鞋再搭配長褲，總覺得自己腿變長了，修飾了身材比例，穿起衣服自然好看許多。所以說，從男生的角度看高跟鞋跟性有關，不過從女生的角度看高跟鞋，就不見得是如此吧！

〈果茶半杯〉：

「果茶與奶蜜」，用這兩樣東西比喻愛情的濃度，第一次聽到是在老師的課堂上。剛聽到時，覺得很有意思，用來作為東西方人對愛情的態度，我覺得真是太恰當了。東方人含蓄、內斂，即使心中有滿滿的熱愛，表現出來也許只有50%，因為要顧慮的事太多，所以總是覺得愛情像果茶一樣酸中帶甜；西方人熱情、奔放，也許心中只有一絲絲好感，但表現出來卻可以有120%，因為對愛情義無反顧，所以覺得愛肖像奶蜜一樣甜到心坎裏。

在〈果茶半杯〉這首詩裏，很喜歡一開頭，標準的東方人特色，「水果熬茶，口味不多還帶酸澀」，在東方愛情給人不就是這樣的感覺嗎？

孔雀東南飛、唐明皇、楊玉環、杜牧，這些故事這些人，都不是圓滿大結局，各自有其酸澀的原因，就連我媽愛的梁山伯與祝英台，也是標準的酸澀。東方文學家的陰柔，寫出東方果茶般的愛情故事，雖然有些苦澀，但這個苦澀卻能襯托出甜的美好，讓這份甜不只甜，而是達到完美的境界。

〈聽天由命最好〉：

傳統的東方人，聽天由命，看天吃飯，再正常也不過。可是現在我們不是這樣教孩子的，科技的發達，科學的進步，我們告訴孩子，很多事是掌握在自己的手裏，想要有什麼樣的未來，就要朝那個方向多作努力。

「今朝有酒今朝醉，明日愁來明日憂，最好的人生規畫就是沒有規畫」，這實在是顛覆大家心中原本對「未來」的概念。也許這也是個不錯的觀念吧，只是對氣化觀型文化傳統的東方人來說，需要很大的勇氣，才敢放手這麼做吧！

〈如水〉：

躲在果茶與奶蜜裏討論了半天，忽然站出來一看，對耶！怎麼就沒想到也可以喝水？果然是漏掉了。

〈輪迴等你〉：

又說到輪迴了，「這裏只有六道，不佛就得輪迴」，反正也沒得選，就是輪迴就對了，聽起來真令人難過，成佛那有那麼簡單，可是也不想輪迴啊！那該怎麼辦？是不是跟佛一點關係都沒有就可以不用輪迴？

三、結語

老師涉獵非常廣泛，從詩裏就可以明顯看出，不論是東方的、西方的，哲人、文學家、佛教、基督教…各方面老師都能提上一筆，可見是真的有所研究，才能拿來利用，書讀得不多的我，真的要好好學學！

經過六個禮拜的課程和閱讀過老師的詩集後，受到老師一絲絲的「影響」，有時候我會有「詩」的感覺喔！生活上遇到很多事，常會有不同的感觸，這時候就會想記錄下當時的感覺，會動筆寫寫，都覺得自己是亂寫的。不過，不管寫得如何，能抒發自己的情緒，對我來說，也是個不錯方法呢！

我溺斃，在這文化觀的矛盾海

郭寶鶯

一、楔子——就從封面談起

剪出一段旅程，
來自一個不能疲累的旅人
只有在詩的旅程裏，他說
如此一段，
就跨出了古今中外，
跋山涉水、凌空越海，
詩，念了咒語
詩，長了翅膀
穿梭時空，在旅人的虛幻世界遊走。

一個「不能」疲累的旅人得繼續向前走
不能？不會？不曾？

是不能！那麼，就送你一張悲壯美的單程旅票
一去就不回
有誰不是「得」繼續往前走？

二、翻開目次

便看見了〈聖哲出場〉，中間你還會看見〈愛情濃度〉，在〈終點站〉之前，還有〈乘願再來〉。

注意，這不是歌頌。嘲諷，才是它的本質。如果你想在這本詩集裏看見含蓄的美感、內斂的昇華，那就大錯特錯。想用美學方法研究這本詩集嗎？那絕對不會是前現代，那太落伍了。瘋狂後現代，才能攪亂詩壇一池春水。後設再後設又後設仍後設最後後設，七七四十九篇，帶你進來後設一下。

後設，是詩人心靈的客棧，沒有客棧的旅程不成調。流浪，要有節奏；旅程，即使剪一段下來，也要有旋律。

翻開目次，詩人，帶你去一趟「後現代」。

三、詩集的軌跡

翻看內頁，我看見一道刻意的軌跡，「後設」只是一個停靠站，可供回首思索、向前眺望。

1. 看聖哲出場
2. 以你為師
3. 世界就是這個樣子
4. 有點酷
5. 經典非我
6. 歷史會說話
7. 被騙了的文學
8. 卡位
9. 後設一下

氣化觀＋創造觀＋緣起觀

在「氣化觀＋創造觀＋緣起觀」的國度出發，誰說文化融合很困難？你看，孔子、釋迦牟尼和蘇格拉底，分飾各派掌門，主掌各自的文化派別，主演文化融合，一起完成了偉大的詩作。耶穌、迦葉、尼采、魯迅、卡繆、悉達多……全部被徵召，這些古聖先賢、中外達者先別高興，詩人的目的，只是「嘲弄別人和不滿自己」，不信，你去「**後設一下**」就知道。

10. 再出發
11. 藝事
12. 那話兒有點漫長
13. 愛情濃度
14. 你會紅
15. 賭
16. 明天來決鬥
17. 臭氧層破洞關你屁事
18. 誰喊救命
19. 再後設一下

創造觀

跳進創造觀的框架中，彷彿就可以放縱，反正，亞當和夏娃的偷嘗禁果的故事眾所皆知，那些在氣化觀型文化裏被噤聲的語彙，全部出爐；在緣起觀型文化裏不能思考的禁地，在這裏大張旗鼓。就連上帝也被找來嘲諷。

無法確定不含蓄的詩算不算詩？但是，美感不足就是了。

唯一可以確定的是，作者絕非基督徒，絕不怕上帝的責罰。

20. 先幹
21. 包滿了
22. 不能比長短
23. 果茶半杯
24. 沒份
25. 聽天由命最好
26. 算計你
27. 可憐蒼生
28. 默
29. 又後設一下

氣化觀

雖然困在氣化觀的洪流中，詩人仍然掙扎，想掙脫黏膩的傳統汁液，在氣化的脈絡裏，與歷史爭辯，在「沒份」裏，詩人說：「**氣聚把我們拴在一起，我們另外編織一張灰撲撲的網，撒向四面八方防堵大家偷渡**」。這是我找到關於這個篇章最好的註腳。

「**最好的人生規畫就是沒有規畫**」在〈聽天由命最好〉裏彷彿道出氣化觀型文化裏更多的無奈，因為你得「**逢人且說三分話，未可全拋一片心**」。人生規畫，那是洋人的玩意兒，在氣化中，人總是被規畫。

30. 臭皮囊
31. 上空就可以了
32. 沒聽過它有什麼關係
33. 如水
34. 輪迴等你
35. 解脫了還放不放
36. 全部給
37. 重回淨土
38. 寂
39. 仍後設一下

40. 世界觀你我他
41. 上帝呀道呀佛呀
42. 科學有事
43. 塵世從你有難
44. 愛不愛
45. 爭否
46. 地球只一個
47. 乘願再來
48. 終點站
49. 最後後設一下

緣起觀

- 「**我又得打坐了，念一遍無常就可以免一分相思**」（〈上空就可以了〉）
- 「**想女人就會再度挺拔，愛到佛除**」（〈如水〉）
- 「**佛陀領悟的道理就是這些，不能再多了**」（〈臭皮囊〉）
- ……

看到了嗎？從緣起觀型文化觀點切入，該嘲諷的絕對不「筆軟」。嘲諷，是不是就可以擺脫輪迴？詩人一貫的筆調行至此，仍找不到兩條線的交集。「嘲弄別人」已經成功，「不滿自己」在那裏？去「仍後設一下」找找看！

氣化觀＋創造觀＋緣起觀

各自遊走三大文化系統之後，回到三大系統的比較。詩不必只是文字，符號可以更直接傳達詩人的意向，但不管是氣化觀，還是創造觀，或是緣起觀，最後的終點站，「**道佛結伴同行，順便邀上帝來人間喝茶，我們的終點站有一個完好地球的新名詞。**」

詩集的歸結，不在嘲弄，而是一個完好的地球。呼應了詩人在最後後設一下裏說的：「**我對世界沒有仇恨只想戲弄。**」

四、創造＋氣化＋緣起？

從整本詩集的架構來看，詩人的創作計畫是從**總說**出發，然後**分說**，最後回到**總說**。不過，最後的總說，其實是意向的歸結，也是整本詩集的高潮所在，詩人企圖以突破傳統的方式，在詩界激起令人注意的漣漪。

我認為整本詩集的架構，在形式上彷彿依著輪迴的軌跡進行，而在這個軌跡裏，也蘊藏了氣化觀環環相扣的精神，而最後階段則凸顯了創造觀中自我實現的精神（如下圖）。在設計上，算是煞費苦心。

五、我溺斃，在這文化觀的矛盾海

詩集讀完了，這樣另類的篇章，像一片我從沒看過的汪洋，顏色不太對，味道怪怪的。

有人說，西洋人的情感是奔放的、外顯的，

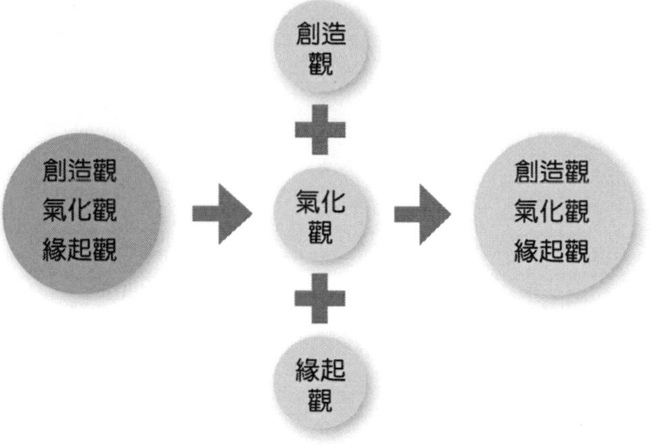

那麼我給創造觀型文化紅色；東方人的情感是內斂的、含蓄的，那麼我給氣化觀型文化咖啡色；那麼緣起觀型文化？這個既熟悉又陌生的文化範疇，該給什麼顏色？是神祕的黑色嗎？還是加沙的黃色？

想像，這些顏色在一片大海翻騰，而我涉足想去了解。

我想，我已經昏眩，然後溺斃在這一片文化觀的矛盾海。

拼貼後現代與反殖民

嚴秀萍

一、從詩集名稱談起

課堂中聽聞老師說有一本新詩集《剪出一段旅程》即將問世，心中不免有些期待，期待旅途中的浪漫況味。雖然未知其中的內容，但就其詩集名稱的符號表徵來說，不中不西，未能揣測出其何謂旅程中的東方路線或西洋路線；從語意的判斷上，「剪出」與「旅程」又有那麼幾分後現代「拼貼」的語言遊戲美感。

迨拿到詩集的文字稿，逐讀之後才有了恍然大悟的感覺。所謂的「剪出」是作者費盡心思揀選、剪裁、組合、雕塑此段旅程的獨特手法。所謂的「旅程」乃遍及古今中外，爬山涉水凌空越海，是一段虛擬真實與釀製真實的旅程。據此觀之，《剪出一段旅程》具有濃厚的後現代色彩和氣味，這種蘊涵著豐富象徵義的書名，能夠演化出後現代的解構，引伸和象徵等釋意。書中作者不但解構歷史，也調侃英雄，將沉甸甸的思想融入後現代主義之中，隨著作者意識主導的旅程走一遭，便穿越作者創造的世界觀型文化圖騰，承載作者意識流裏的主觀價值與反諷批判。

更有意思的是，這樣的詩集名稱《剪出一段旅程》頗值得讀者玩味，因為隨著不同的旅者所剪出的旅程不同，便會產生不同的新味與解讀；隨著不同的旅者在相同的旅程的多次踏履，又會產出不同的反思與辯證，值得讀者一讀再讀，激發不同的思想火花。

二、詩集題材的層面與排序

這本詩集中的題材明顯的呈現對世界觀型文化的關注，敏銳地批判解構不同的文化觀，如：〈看聖哲出場〉、〈以你為師〉、〈世界就是這個樣子〉、〈歷史會說話〉、〈卡位〉……羅列不同文化觀的終極信仰、認知結構、道德規範、行動表現。這些詩作由於作者視野遼闊，貫串中外，批判力道深藏在巧妙的敘事中。及至詩集末段，如：〈世界觀你我他〉、〈上帝呀道啊佛啊〉、〈愛不愛〉，又再次回到世界觀型文化的基調，行文卻不再遍及古今中外歷史名流及典故，輔以簡單的圖說以區辨不同的文化觀，其中雖以簡單流利的詩句敘寫，卻不失其批判嘲諷的力道，表現出濃厚的反殖民後設思想，如：〈科學有事〉、〈塵世從你有難〉、〈地球只一個〉。

詩集的中段則有大量身體書寫及關懷自省的題材交錯其間。身體書寫的部分，在詩作中，出現最多的身體片段是「那話兒」、「陽具」與「稀腥」。此外，代表女人的「陰道」、「乳房」與「玫瑰」也在許多詩作中都看得到。這些身體片段皆與性愛有所關連，並藉以戲謔上帝造女人給男人撫摸以掩蓋自己陽痿的嘲諷。而為了讓「那話兒」不再有長短與無法昂起的焦慮，是以蓄奴黑人、超越巔峰、創造奇蹟，甚而不惜加以殖民征服與役化世界，如：〈那話兒有點漫長〉、〈你會紅〉、〈臭氧層破洞關你屁事〉、〈誰喊救命〉……而後作者開始反思自身所處的氣化觀型文化世界，如：〈先幹〉、〈包滿了〉、〈果茶半杯〉、〈沒份〉、〈聽天由命最好〉、〈算計你〉、〈默〉……進而昇華成緣起觀型文化的〈臭皮囊〉、〈上空就可以了〉、〈如水〉、〈輪迴等你〉、〈重回淨土〉、〈全部給〉、〈寂〉……多麼完美工整的對比呀！

三、就詩集整體來說

說實在話，初看詩集時，便被豕一出場的中外歷史聖哲人名，及似真實又似反諷的敘事句搞得暈眩，歷史的旅程無比漫長像滯留難行的流水，在沼癘叢生的密林裏舉步前行，又恍若結繭的味蕾在燒烤的焦味的食物中尋找鮮味的出口。果不其然，甫出密林，便跨進了伊甸樂園，奶蜜或果茶滿溢受寵的嘴，卻也澆熄不了胸中漫燒的批判烈火，頗有幾分放他幾把野火，燒他個上帝現行的蠻勁，並欲以佛道同行拯救欲望捅出的臭氧層破洞為職志。作者用奇特而詭異的後現代思維方式，撲朔迷離，似真似幻地敘述著、詮釋著不同的世界觀型文化，以拼貼、填充、諧擬等前衛手法，成功地諷刺殖民的、無序的社會，詩的揭露和批判是異常深刻的。然作者個人極度自我意識化的文化觀點在詩中展露無疑，排外護己，易致批判力道削弱或論點備受質疑，仍有再議的空間。

附：

(1) 詩評為個人淺見，如有曲解原創之處，敬請海涵，毋須再找在下對諍了。

(2) 喜歡讀詩的時候來點音樂伴讀，但卻發現讀此作品配什麼音樂都怪，請老師推薦一下該放什麼音樂配合貴作？

無以名狀

曾麗珍

這本詩集翻來翻去，除了楔子和幾首詩看得懂之外，其他的詩就像在看外星人的言語文字敘述一般，有切斷、不相干的事物拼在一起的感覺；冗長的段落句子，完全沒有標點符號，讓我想起了以前讀一些古書時，要自己圈畫斷句的有趣對比情形，這是復古嗎？後後設的復古嗎？不知道。

詩集裏有許多我不認識的人物，我像小學生圈生字新詞一樣的把所有看不懂的人名及其他提及的事物圈選起來，我想這首詩集像許多著名人物的聚會吧！不過這些著名人物的出現在作者的筆下出現並非是光彩的，反而是被調侃、戲謔的對象，這是要打敗英雄偶像的反崇高的後現代風格嗎？其實只有認識他們的人才需要經過這些繁複的過程來踢館、調侃這些角色。我想如果是住在鄉下裏不識字的母親，她的生活是活生生的現實，應對的堅韌有力，她絕對不會有這些讀書人的煩惱，認識了文字再不斷的拆解文字，認識了這些名人再不斷的調侃名人，作者是故意和這些名人相約好了要來玩一場顛覆錯置的遊戲嗎？

「始終聽話的學生是最對不起老師的！」做學生的看了這本詩集，說實話，我得不到什麼啟發，心靈上也沒有任何震撼的發現，只是看到了一篇一篇拼裝的、無以名狀的文句。

文章中許多露骨的情色描寫也不知道這樣的詩的美感在那裏？我想小學的性教育不需要牽扯到如此深刻，即使是每個人對自己的性器官或異性的性器官的認識，在大學裏護理老師也都用著溫馨而開明的方式教導我們認識自己的身體。詩本身如此露骨的介紹是想要展示什麼新意？五年級生已知了，六年級生、七年級生、八年級生可能也同時知了，他們是生在資訊科技時代，傳訊的速度可是比我們快！後生可畏，有時是不可小覷的。

不論是寫到宗教人物、聖賢學者，西方的、東方的，這都只是給少部分人看，詩中的東、西方宗教義理能意會的更在少數，為什麼要拿這些偏僻的宗教學、靈異學作題材，我不太懂，或許寫詩人只想寫給同屬這領域的專家學者看，這本詩集是另一種形式的學術論述嗎？穿著詩的外衣。整本詩集，看不到作者描寫家人的蛛絲馬跡，詩人的生活和心情是陰鬱的嗎？沒有親人的味道。詩人是個修行者嗎？六根清淨，過著精神層次上更為清靜的生活。所以，只談佛、道、儒，只談上帝，只談過往的哲人。活生生的身邊活著的人了無生趣，毫無佔有一席之地。有種悲哀的感覺！

後現代詩的表現手法中有一種是圖像，從這本詩集的第40首到第49首開始出現圖像。這是圖像詩嗎？我很懷疑，是概念圖？也不像。反正就是無以名狀。

後記：

為了寫這篇詩評，「這像詩評嗎？」我在網路查了許多夏宇的詩評，在臺東文化局閱覽室，仔細的閱讀，自我進修後現代詩的樣貌。為了查生字新詞「聶魯達」，進了陳黎的網站，開始閱讀陳黎的詩，認識陳黎的寫作風格，夏宇和陳黎的後現代詩有很大的不同。這都是這本詩集的背後帶給我的學習動力，這是無償的生命增長，只有自己行動了自己才知道。謝謝老師的這道「難題」，增長了我自我解決問題、開拓眼界的能力。

生命旅程中的過客

陳雅婉

詩
所有別的方法說不清楚的事。
或者，所有不應該被說清楚的事。
（蔡康永《有一天，寶寶》）

文字，像蠱蟲，而我們則是被下蠱的人，常會因為受到文字魅惑而情不自禁的拿起書本閱讀、記錄下思想。可能只是片段的字詞，也有可能是靈光一現的創意，卻能撫慰我們乾涸的心靈。高爾基就曾說過：「每一本書都是字印在紙上的靈魂，只要我的眼睛、我的理智接觸它，它就活了起來。」

回到都市
重返擁擠到失去思考能力的西部

腦中尚未停下來畫個句號
急急忙忙又上映了「東大語教所暑期班」

壓縮過的六周課程
殺光了腦細胞
據說是為了成為明日的記憶
深深烙印在腦海
窮追不捨的作業壓力像討債鬼
還有那揮之不去的驚魂颱風夢魘

打開行李
掉落出艱澀難懂的詩集
外加一疊絕對不會再看一眼卻可以擺在書櫃裝氣質的參考書
能拿出來和他人炫耀的
除了光鮮的成績
就只剩下一疊即將出版的詩集

如果
氣化觀、緣起觀、創造觀是上帝的三種不同化身
文學是讀書人的騙術
實用知識是一堆垃圾
念一遍無常就可以免一份相思

那麼
目不識丁的文盲
清心寡欲的佛祖
嘲笑哲學的哲學家
可以透過什麼方式傳遞這樣的訊息

或許
集結成書的文字
就是我們自己帶給自己希望的象徵
當我們死了影子還飄泊（註）
即便是沉重

也定是甜蜜而難捨的負荷

註：錄自葉慈〈那印度人致所愛〉。

引經典．諷古今．樹新意：反崇高的後現代主義詩作

夏洪憲

新詩是一種簡短、精鍊的文字的組合，簡短的幾句文字，即能表達深刻的意涵。從胡適出版《嘗試集》以來，新詩的創作手法及技巧即不斷地創新與鎔鑄，不只是在詩的主題、修辭、語言、形式、結構上下工夫；同時隨著時代的變遷，各種風格的新詩也不斷產生，從白話體、豆腐乾體、自由體、新語體、敘事體、朗誦體、浪漫體、現代體、繪畫體、鄉土體，一直到拼湊顛覆的後現代體，詩人們各自展現創新的自我風格。

讀慶華老師的詩，可以強烈的感受到其強烈的自我風格，不斷展現其後現代主義拼湊顛覆的痕跡，當中更加入了各種語文研究方法學的理論內容，讓初次閱讀此詩集的人，只能感受到字的表面意義，而深層的暗喻，卻很難從字裏行間讀出，若非修過慶華老師課程的人，是有些難以深入的遺憾；即使修過慶華老師課程的人也有似懂非懂的苦惱。正因為如此，更顯得慶華老師詩作的獨特性及其珍貴的價值。

評論慶華老師的詩集，是一件很大的挑戰，因為無法從傳統的詩評方式來評論。慶華老師對詩的寫作技巧，包括用字遣詞、修辭、語言、形式與結構等，其寫作手法是運用自如，

不待評論，也非評論的重點；反而，每首詩的創作觀點與其運用研究方法學的理論依據倒成了詩評的重點，因為透過方法學的剖析，詩的深層意義更能顯現出來。

就像〈看聖哲出場〉、〈以你為師〉、〈經典非我〉、〈歷史會說話〉、〈被騙了的文學〉、〈卡位〉、〈你會紅〉、〈賭〉、〈明天來決鬥〉、〈誰喊救命〉、〈果茶半杯〉、〈可憐蒼生〉、〈科學有事〉、〈塵世從你有難〉等詩作，都嘗試引用古今中外的典故，運用拼湊的手法，產生反崇高的諷刺意味，企圖嘲弄這個世界的各種現象。

另外，〈再出發〉、〈藝事〉、〈那兒話有點漫長〉、〈愛情濃度〉、〈先幹〉、〈包滿了〉、〈不能比長短〉、〈果茶半杯〉、〈上空就可以了〉、〈沒聽過它有什麼關係〉、〈如水〉等詩作，也希望透過直接而且白話的點出性愛觀，企圖顛覆傳統對性愛的隱晦，顯現另類的思考模式。

再來，〈世界就是這個樣子〉、〈有點酷〉、〈世界觀你我他〉、〈終點站〉等詩作，想藉由世界觀中的創造觀、氣化觀、皮緣起觀的角度去探索解釋存在這世間的現象。

還有，〈有點酷〉、〈卡位〉、〈臭皮囊〉、〈輪迴等你〉、〈解脫了還放不放〉、〈全部給〉、〈重回淨土〉、〈上帝呀道呀佛呀〉、〈科學有事〉、〈地球只一個〉、〈乘願再來〉等作品，也加入了佛教的觀點來探討人生的課題。

最後，還有其他的詩作〈沒份〉、〈聽天由命最好〉、〈算計你〉、〈默〉、〈寂〉、〈愛不愛〉、〈爭否〉也都嘗試運用後現代的拼湊顛覆手法，企圖樹立新意，創造一個不同以往的思路與觀點。

慶華老師的詩作，在理性中也不失感性。不論是詩題材，詩的藝術性，詩的哲學性，都擁有許多創新的想法，有些也許讓人一時難以下嚥，但再多讀幾次，多看老師的其他著作，自然就很容易進入慶華老師詩的世界。正如〈最後後設一下〉中所寫到的：

我對世界沒有仇恨只想戲弄
那話兒的故事還可以加長
愛情濃度要稀釋或添味隨你高興
大家一起裸體和平仍舊不會提早到來
歷史說太多話圖騰可要旋轉出焦味
你會紅還是沒份輪迴後就知道

不同一般的詩作，慶華老師引用古今中外的典故，運用拼湊的手法，加入研究方法論，企圖樹立新意，創造一個反崇高的後現代主義詩作，慶華老師的詩作算是哲學性頗高的詩，值得你細細品味，慢慢研究。

看周某的詩

呂秀瑛

想看周某的詩先上周某的課
上了周某的課
再看詩

孔丘莊周釋迦牟尼是舊識
蘇格拉底耶穌柏拉圖都很熟
古今中外賢士大集合

～～～對諍～～～
創造觀
緣起觀
氣化觀

西方有聖經
印度有佛經
中國有詩經楚辭漢賦宋詞元曲明清小說

莎士比亞托爾斯泰海明威魯迅林語堂
來攪局
香水女人還有性

～～～話題一轉～～～
臭氧層破洞
雙子星倒塌
南亞大海嘯
上演的戲碼都從歷史的圖籍裏騰空翻出
卻不及這般的嚴重

地球只有一個
道佛結伴同行

順便邀上帝來人間喝半杯果茶
上帝大聲說話
佛陀不再保持沉默
大家來談
終點站那個「完好的地球」新名詞

一、概說

《剪出一段旅程》是作者的最新力作。他曾說寫詩的靈感常常是突如其來，而且是莫之能禦的一種奇特經歷下自然完成。這本詩集不在讚頌風花雪月，也不以浪漫的型態討好讀者，反而是以極端前衛的姿態，詼諧的語氣，赤裸裸展現現代詩的抽象與具象面貌。這些詩的靈感不是來自觀察，而是來自「意象」結構。內容縱貫古今中外，真實與虛擬交錯，從現代走到後現代。這一趟旅程引領讀者用視覺意象、聽覺意象、觸覺意象……等各種感官，走一趟意象之旅。本詩集共有49首另加一首楔子，從第9首開始，每逢九就後設一下，總共後設了五次。每次後設之前和之後算是一個大單元。

二、從篇名看內容

〈看聖哲出場〉點出中國的氣化觀型文化，印度的緣起觀型文化，和西方的創造觀型文化的差異。接著的〈以你為師〉、〈世界就是這個樣子〉、〈有點酷〉、〈經典非我〉、〈歷史會說話〉、〈被騙了的文學〉、〈卡位〉這幾篇，看似聖哲在為自己辯爭，實則還是氣化觀型文化、緣起觀型文化、創造觀型文化的大車拚。在這一段旅程，讀者若不曾跟哲學家打過交道，或已經遺忘了他，沒有關係，他們會一路跟著你，吵著呢！吵不過還把司馬遷、海明威拖下水，中外典籍是最好的辯證材料，最後在魯迅、林語堂、卡繆、悉達多的〈卡位〉中，暫時結束這一段沉重的爭辯。作者也在嘲弄別人和不滿自己的情況下拚命的奔馳彩染後，讓聖哲退場。

接著，作者以香水、女人還有性〈再出發〉，談著〈藝事〉就覺〈那話兒有點漫長〉，這時最好測試一下〈愛情濃度〉，誰是贏家，誰是輸家，只有上帝知道，但是祂不會直接告訴你〈你會紅〉，大家都在〈賭〉，和平和戰爭的破壞力那一個大。馬基維利發出英雄帖，他說「讓眾人懼怕勝過讓眾人喜愛，為人殘酷比為人慈悲更加精明」，不同意的人相約〈明天來決鬥〉，砰的一聲槍響劃破天際，臭氧層破了一個大洞，在場的人說〈臭氧層破洞關你屁事〉。是的，雙子星大樓倒塌、南亞大海嘯都不是我幹的，只有小河在嗚咽，上帝聽見了，用瘖啞的聲音說〈誰喊救命〉，上帝，您是用罪惡在呼喚戰爭與和平嗎？

欲求不滿足〈先幹〉再說，我們的想像力都給〈包滿了〉，此時〈不能比長短〉，大家坐下來享受〈果茶半杯〉，口味清淡還帶點酸澀。立功立德立言〈沒份〉，三不朽只偶爾會互相調侃〈聽天由命最好〉。學學果園裏的串串果粒，沒有挫折也要學著低頭，就算別人〈算計你〉也要〈可憐蒼生〉〈默〉然以對，讓該負責的人去講話。

就算只剩一個〈臭皮囊〉還是要談性，眼睛吃冰淇淋〈上空就可以了〉，那話兒的故事〈沒聽過它有什麼關係〉。半杯果茶清清〈如水〉，不如奶蜜濃郁，酸澀的滋味卻是人生寫照。菩薩回來了〈輪迴等你〉，想成佛？且慢，問自己〈解脫了還放不放〉，是的〈全部給〉，於是〈重回淨土〉享受沉〈寂〉。

沉寂過後哲人又現，再談〈世界觀你我他〉。創造觀說上帝創造萬物，一切榮耀回歸天國。氣化觀說塵世、靈界像水像空氣一樣，在一個擁擠的空間享受不能孤寂的滋味糾纏不清。緣起觀說緣起緣滅，萬物在涅槃與塵世間輪迴。〈上帝呀道呀佛呀〉各有各的說詞。牛頓忍不住讚嘆一聲「啊，上帝，我們是在思考你的思考！」於是〈科學有事〉、〈塵世從你有難〉，人人尋求救贖，問你〈愛不愛〉己、愛親、愛他人、愛萬物。還要不要爭？〈爭否〉？問一問自己，爭什麼？〈地球只一個〉。臭氧層破洞流洩的元氣，足以換來戰亂地震海嘯，帶來瘟疫恐怖污染。讓我們可憐可憐蒼生〈乘願再來〉，道佛結伴同行，順便邀請上帝來人間喝茶，我們的〈終點站〉有一個完好的地球新名詞。

三、結論

這本詩集，作者以後現代主義風格談世界觀。後現代主義常以諧擬、解構的手法表達思想。詩作中不斷看到作者調侃古今中外的賢者。寫作的手法也充分應用了後現代寫作特徵：如圖像、結構破碎、拼貼、後設語的運用、詩文相雜、多元傾向、組合、文不對題、遊戲人生……等風格。讀者看過這本詩集對於世界觀中的創造觀、氣化觀、緣起觀必當有更深一層的認識。

另類的文學美感

林桂楨

「詩」者皆為感於物而作，是心靈的映現。有別於「古典詩」以「思無邪」的詩觀，表達溫柔敦厚、哀而不怨的特性，周慶華的現代詩充分的呈現出現代詩蘊涵的特色，如：形式自由、內容開放且多元、意象經營重於修辭。

在這本作品中，可以發現象徵手法運用頻繁，只可惜有不少象徵意義不易為讀者完全掌握，但可以確信的是作者本身對於那一層層心靈意象的展示，及呈現心中多重的感受的部分，必然相當深刻。此外，詩集的內容呈現上有別於一般的審美概念和寫詩手法，有許多想法與點子都是相當前衛新穎，不同題材間的組合，展現了後現代詩的無限可能。

就取材而言，作者周慶華更是突破一般人對於詩集的刻板印象，從古今聖哲、歷史典故、兩性關係、文化觀、宗教比較……等，確實讓讀者眼睛為之一亮，涵蓋之內容更是令人為之驚艷！舉例來說「小屁屁」、「乳房」這些看似人們比較少於公開的場合討論的部分，在詩集中卻見怪不怪！甚至部分內容的粗俗呈現，更達到了一種嘲弄和戲謔的效果。

另一個有趣的部分在於在基督徒心目中，上帝是唯一的救世主，上帝擁有至高無上的權力，上帝是神聖不可褻瀆的！不過作者在作品中卻一而再、再而三的開上帝玩笑，藉由這樣的嘲諷或顛覆的文字，展現出對創造觀型文化的質疑。

整體而言，詩集本身透過文字的安排讓不同的文化觀、歷史典故，以至於中西聖哲都產生了巧妙的關連。若非有一個龐大的文化觀架構支撐，這樣的題材合併必然無法如此契合，並衍生出一種另類的文學美感。

「忽古忽今既東又西」這句話出自於〈後設一下〉詩中，而這簡單的八個字，卻可以充分展現出詩集部分內容的呈現樣貌，「嘲弄別人和不滿自己」這幾個字則有一種清楚自己所為為何的意味。而兩者間激盪出的想法，則透過一篇篇的詩品緩緩流洩而出。

許多國外文學家的詩集，在內容的取材上也都相當大膽，我想這和創造觀型文化亦有其相關性。在氣化觀型文化下的東方人，因為重視家族與他人對自身的觀感，因此許多話題不敢公開談論，許多疑惑不敢假設並求證，但在這本書中看不見氣化觀對作者的那股無形束縛，反而是作者跳脫在身處的文化觀下，更客觀的透過不同文化、宗教觀點的比較，創作出耐人尋味的後現代作品。內容更可以清楚感受到佻達人生或挖苦社會的感覺。

作者周慶華在意境的處理上，有別於一般傳統詩集著重於文字美感的呈現，內容中有不少屬於心念的傳達，其美感的層次比一般傳統詩集的境界更高。看似對世俗有諸多批判或不平的文字中，其實蘊涵了溢於大眾對社會生活、政治活動與文學、哲理變遷的關心，也感覺出那股欲釐清並闡述不同文化傳統差異的決心！。

後面若干篇作品是以世界觀為主題單純分為一個單元，並且嘗試將詩集處理上鮮少出現的圖像，也放入詩集當中，三大文化觀點的主軸意念利用圖像輔助的方式使讀者一目了然，也讓讀者更可以清楚區辨其差異性。

前面談及的作品中的內容，可能在若干作品之後，又巧妙地變化後出現，讓看似個別獨立的詩集作品，有了故事情節般的關係牽引，這亦是作品中的一絕。若單看最終一篇「我對世界沒有仇恨只想戲弄」，或許真的會以為作者透過文字戲弄這古往今來人世間的一切，但用心細細品味整本詩集，卻可以感受到在外顯內容看似嘲諷、戲弄為目的之作品中，仍流露出追求自我真理的堅定。

再續一段旅程

黃香梅

周老師的詩集《剪出一段旅程》是跨越了多重空間的一段旅程，由古而今，由地球而宇宙，由中而外，周老師顛覆傳統的束縛，由自己建立的世界觀系統，以詩人的靈犀之眼看穿世事，在書中可見上帝、佛陀、中國聖哲的對話，從現實到超現實的無限寬廣的道路，不啻是一段值得自我省察的深度旅程。

周老師的詩由兩大方向作開展，其一為三大世界觀的聖哲思想作開端，卻又不拘於俗套，將之學說思想一一突破，一一分解，以解出其原貌，不是涉及直接的批判，而是以詼諧的筆法顛覆讀者的刻板印象，在詩中聖哲的形象不再是高高在上的神，祂們有人的想法、欲望，會生氣，會煩惱，帶給人們的是一種新的「人」形象，這是周老師將典籍文字內化，加上自己想像和詮釋所營造出的文學新視野，所有的聖哲在詩中宛若活了起來，齊聚一堂為自己的學說作辯論、捍衛自己的真理。詩學思浩瀚，古往今來都逃脫不了周老師手中的神來之筆，一揮而就，瞬息千萬的大千世界難抵一時的文思泉湧。

其二以世界觀中人的愛欲為開展，訴諸於人的直覺感官，檢視愛欲在不同世界觀中的重要地位。在中國的氣化觀中，正如告子所說「食色性也」；在西方的創造觀中，《聖經》

也揭露了受蛇引誘而偷嚐禁果的亞當和夏娃；在印度的緣起觀中，佛教也認為：「輪迴，愛為根本，由有諸欲助愛發性，故能令生死相續。」愛和欲是人生中不可擺脫、無法逃離的課題，有人選擇正視它，有人選擇不輕言它，周老師不但正視它，超越了那些自以為正經卻道貌岸然的衛道人士，大膽的談論人所不能言的，不矯揉造作，將自己的想望在詩中明白揭露；更在詩中加入三大世界觀的不同思維和對愛欲的不同看法，似乎三大世界觀在此短暫融合一體，卻又快速的分東離西，西方信守的創造觀源自於對上帝的信仰、中國的氣化觀源自於自然氣化的道和印度的緣起觀源自於不生不滅的佛，三者不同的意志堅守理念，不容侵犯，卻又各自互別苗頭，真正縱橫其中，看透其真偽、是非、對錯，一針見血將三大世界觀剖析清楚又能超脫於其中的人，正是周老師。

歷史的影響、文獻的記載，早已將我們的思維限制住了，就像被上了緊箍咒的孫悟空，一舉一動難逃於三藏的法眼，我們又何嘗不是？缺乏思考與判斷而將聖哲一言一行視為典範，又如何能從中走出自己的道路，開展出自己的旅程？氣化觀的氣聚而成，族羣的共同意識，儒道先哲的至理名言仍深藏心裏，潛移默化於生活，不敢有所悖逆，只會在歷史的洪流中逐漸吞噬了自我。周老師的《剪出一段旅程》，正是要從歷史的教誨中釋放出自我，重新開啟一段穿越虛擬而真實的旅程，不斷地往前進，走出屬於自己的一段旅程。旅程或許遙遠而漫長，負載著累世的疲憊與無奈，沉重的包袱隨之而來，那畢竟也是文人所需去克服的一趟文學旅程，唯有旅程結束之際，心靈的清明才得以再現。

詩人的敏與銳

蕭孟昕

當老師邀（or要）我們為《剪出一段旅程》寫詩評時，我因為要以一個學生的角色，評老師的作品，內心充滿不安感覺，儘管問老師是否要用上課學過的研究方法來寫詩評時，老師說：一定要這麼嚴肅嗎？撇開師生的關係，對一個成年後除了教學生背唐詩之外，自己幾乎不再讀詩、胸無半點墨的人而言，去評一位著作等身、腹有詩書氣自華的詩人作品，更是應該不由得惶恐起來，遲遲下不了筆。

回想開學初自己因請假而晚幾天才到學校，尚未見到老師，就先聽到同學們對周老師的第一堂課如何如何精彩（or驚訝）的感受，接著看到同學給我的詩集《又有詩》，囑咐我最好先有一顆文學種子再去上老師的課，這實在是個很耐人尋味的開端。而相較於另一位老師第一次叫我是以「11號」相稱，周老師第一次點我發言就叫出我的名字，的確是讓我震撼了一下。在宿舍裏，室友們對周老師的課津津樂道，常有一種感覺，覺得老師像哲學家，雖然上課時討論的議題令人不可思議，但不可否認的，確實大大刺激了我們僵化許久的思路與觀點。有了這一層互動歷程，回頭再來看寫詩評這件事，若把它歸於同學們激盪討論的一部分，恐懼感似乎稍減一些，讓人有點兒「憨膽」可以「平」凡人之「言」來「言平」一番，把詩評看作是有趣的負擔了。

先從詩集名稱《剪出一段旅程》談起吧！詩人在〈楔子〉裏的一段：

旅程可以重新開啟
雕塑或者剪裁
一段就跨出了古今中外

道出詩人靈敏細膩的感受力與狂妄銳利的企圖心。

「古、今、中、外」或說豐富多采，或說漫長沉重，如何能重新開啟？如何剪裁跨越？一個旅人為何不能疲累？得繼續往前走？無法承載穿梭的重量如何釋放而釀製成超常奢侈的享受？然而，詩人卻能以七七四十九首詩，逢九後設一番的五個犀利構設的場景，剪出了一段古今中外穿梭交錯的奇幻旅程，剪碎我們平鋪直敘的思緒，重新翻攪纏繞，織就一張無法駕馭的魔毯！

在詩集中，我們看到詩人的安排：每首次序第九的詩皆為後設，且有些詩後尚有「後記」、「評語」、「附錄」、「補述」、「延伸」、「批閱」、「餘絮」、「短路」、「隨批」等部分，詩人自比一個不能疲累的旅人得繼續往前走，我想這詩人旅者一定是個會在旅程中回頭凝視留下痕跡，或是駐足凝神思考觀察的人，是在與人辯論、評判別人？還是自言自語、顯示自我的評價？或許都有！從詩句前後呼應的角度來看，加上每一部分後設的安排，我們可以察覺這是一本設計感頗重的詩集，詩人是有知有覺的在嘲諷這個世界，也不怕明白的告訴讀者，儘管無知如我，都能感到一股震撼——狂妄的快感！在〈最後後設一下〉中，詩人說：我對世界沒有仇恨只想戲弄，令人讀來忍不住捏一把冷汗，卻也忍不住會心一笑——詩嘛！有這麼嚴重嗎？詩人都這樣說了，自己都評好、批好了，我還要評些什麼？

創造、氣化、緣起三種世界觀型文化，藉由不同的典故、符號融入於詩句中，我無法計算詩人在旅程中曾經遨遊過多少經典驛站，能夠把這些浩瀚組織在思想中，這是詩人的「敏」。可以道上帝長道上帝短，可以說佛陀菩薩論輪迴轉世，更別提「那話兒」的故事有什麼不能講的了，這是詩人的「銳」。

我不是個敏銳的人，對別人的敏銳只能讚嘆驚奇，無法評論。詩裏說「逢人且說三分話／未可全拋一片心／昔時賢文努力在教我們一些大道理」，或許身處氣化觀型文化世界中，向來寧可在心中嘀咕，不願、不慣也不知該如何下評語，別說詩人是我的老師了，即便是我的學生，要將評語化成文字時，再怎麼想清楚表達，到最後也還是不痛不癢，明哲保身。文前兩段雖說想把詩評當成有趣的負擔，卻是將近一個月前停筆之處，說有趣實在是言不由衷，負擔才是真的！因為凡是要「評」在我的腦中就是要價值判斷，但詩的價值要如何判斷？

秋節前夕接到老師來電，訝異之餘只想到：唉！真丟臉，竟忘了祝老師中秋節快樂！不過放假日還要打電話給學生，可能也不太快樂吧！一通電話讓我繼續寫到這裏，詩人的敏銳還真是「有點酷」。

重要詩在這裏

黃美娟

這本詩集裏談到的詩
篇篇都是重要詩
可是
我可沒有說
你都要去看去讀去欣賞
我也沒有說
你要去喜歡
我更沒有說……
反正啊我沒有說
我沒有說的
而我在此非說不可的是

氣化觀、緣起觀、創造觀觀觀融合，東西聖哲人人爭辯，嘲弄別人和不滿自己該怎麼解決，只有靠著重要詩來調停一下。

關於重要詩最重要的是
它們沒有一篇是重要到
你非讀不可
要是有人
像我一樣
介紹給你
說
某一篇詩
多麼重要
你參考看看就好了
像是人家介紹你一道菜
你先吃一小口就好不合口味
吐掉又何妨
就是吞下去
也不會難以下嚥
記住試讀詩如試飲食
要一小口一小口
那會比較健康
真的

那話兒的長度要多長
愛情的濃度怎麼定
想紅的方法是破壞規則
賭是人類的原罪
不賭對不起天地良心
決鬥？
等臭氧層不破了再說
喊救命的那個人
在上帝面前懺悔後再說吧

真的啦
關於重要詩是
有的
有的好
有的讓人心醉神迷
要一看再看再看
讓人成天抱著它不放
不只自己欣賞
還要認識的人
不認識的人
人人都去看
那實在很過分了
不是嗎

聽天由命不規畫就是最好的規畫，誰叫萬物皆有靈，大家自有主張，就看誰撐得比較久囉！什麼是真理？當權者就是真理。「知識就是力量？」非也，非也！「力量就是知識」。

重要詩最重要的是
它們沒有那一篇
非讀不可
而且它們的美好
也不是Seven
二十四小時
三百六十五天的
有時再好的再美的
你也會見了心煩
就如同那親人家人或心愛
的人
總會有時要眼不見
心才不煩
而且不見了那好
才會再浮現出來

果茶、奶蜜何止獨漏清水，烏龍包種觀音都不見；臭皮囊、奶子、陽具，你愛的全給你；沈默用文字發出最大的怒吼，在失速撞毀前，得到生命的平反。
人生嘛！
欲淨何曾不淨
欲不淨何曾淨
要什麼，自己說出來，別再怪別人不肯給了！

重要詩最重要的是
它們最重要的內容
都沒有寫在詩裏面
也沒有畫在詩裏面
都在你閱讀與討論的過程裏
我是說那好都是你自己想的

會紅？還是沒份？等輪迴後就知道了。道勝佛出或上帝獨大都是你自己信的，重要的是：別失了自己的主體性。

後記：

借用楊茂秀老師《重要書在這裏》的詩句，試評周老師的《剪出一段旅程》；凡是說不清楚的，不想說清楚的，就讓它都寫成詩吧！誰叫它是最精鍊的語言呢！

剪出一段情

羅文酉

人生是旅程，其始無所選擇，其終亦無所選擇，「我們只有生命的使用權，沒有所有權。」只是其中的任何一段都應是知所取捨吧！雖然有時候陷於懵懂無知，或也有迫於無奈可嘆，但無數的輾轉，幾經思考應該也有屬於自己抉擇的數段行程吧！如果在這裏找到自己生命的價值，不亦快哉！

乍看周老師的詩集，思緒像似「剪不斷、理還亂」的滾動毛球，至篇末好一句「我對世界沒有仇恨只想戲弄」才知道「剪出一段旅程」是如此的互相呼應，尤其一個「剪」字，真不知用什麼形容詞來說出它的「妙」與「巧」。

從這本詩集可以體會到老師的博學：直指古今，橫串中外，更有異於常人的思想與見解，頗令我輩玩味與追尋。老師涉獵基督教、道教與佛教；始末49首如果拿民間綁粽子來比喻的話，上帝像所有線的結，下繫數條綁粽子的線，這些線從神話的虛幻到丑角的逗趣（〈你會紅〉），從柏拉圖的理想國到達爾文的進化論（〈以你為師〉、〈賭〉）。談哲學不嚴肅，說宗教不衛道，論文學不受限於中庸（〈卡住〉）。

人一生下來就是苦，不然眉毛為何兩邊站，鼻下垂，還得用口來撐？如是時節，何妨眼用幽默的「阿斯匹靈」！在〈誰喊救命〉的字裏行間，腦袋裏的一邊是世界末日，另一邊則是堅忍的抗力，跳脫篇章的桎梏，我最喜歡〈包滿了〉、〈沒份〉、〈算計你〉，在這裏有漢賦所特有的詞藻之美，有唐詩的「風」調，然而〈再後設一下〉的批閱卻又讓我回到現實；「做愛就好，其他都別幹」這和告子所說的「食色性也」有異曲同工之處，但是男女有別，個性不同，不能隻竿打翻一船人。此外，「呆會傾盆大雨過後……都得在這一端跟她繼續纏綿」（〈臭皮囊〉）讀後讓人忍不住想再創作第四集的哈利波特。而〈再出發〉、〈藝事〉、〈那話兒有點漫長〉、〈愛情濃度〉、〈先幹〉這幾篇，倒可推薦給醫師作為治療增進兩性關係的特效藥哦！建議老師能把目錄分類，相信有助於不同需求的讀者，搶先選擇閱讀。

〈看聖哲出場〉：氣化觀，大家團團相環像蜘蛛網，簡直難以呼吸。看〈以你為師〉想到我曾經唱的歌〈佛在靈山〉：佛在靈山莫遠求，靈山只在你心頭，人人有個靈山塔，好向靈山塔下修。給我的啟示是「了解自己，再尋適合自己的偶像學習。」看〈世界就是這個樣子〉，其實世界三觀，沒有一樣是完好的東西。〈有點酷〉看到這篇的末註（書末真的後記會給你寫一首詩），真嚇人！那我寫不出來怎辦？嘿嘿！那我就來掰吧！不像詩，可不能怪我，因為老師並沒教我們寫詩。

人性

我覺得上帝最富人性
唯我獨尊
地位可是屹立不移
佛陀說
天上天下唯我獨尊
那個我指的是「人人皆有佛性」
人人平等
到底誰最自大
且看信他的人
死命招兵買馬延攬客戶
越多門徒越偉大
還是好信仰要請好朋友也入圍
居心何在
去研究到底信基督或信佛的人
做最多好事又最快樂的人有多少

這是一份值得研究的問題

上帝騙人
說信我者得永生
可是信祂的人
還是會死耶
佛是要渡有緣人
其他那些不信教的人
其實也都信了教
叫「倒覺」
倒頭就睡覺
只因不必禱告或唸經就可以倒下就睡
那和需要念經和禱告才會睡得著的人
這兩類人格特質究竟會有何不同呢
如要寫出這份研究
至少可寫二萬到十萬字

因為這是很值得去研究的問題

看到〈終點站〉一篇，總算有個完美的世界觀大結局，心頭沉甸甸的大石子放了。因為寫詩評很難耶！當然寫得不怎麼樣，請體諒！

剪出了一段旅程

林秀娟

喝習慣「咖啡」的人永遠不了解喝「茶」人的樂趣，經過幾次摸索、交談後，也許能懂得那麼一些些，但也僅是那麼一些些。如果要能進入情境，恐怕得入境隨俗；買好器材、擺好道具、親自去品茶才能了解其中滋味，至於要進入其境可不是一回、兩回的事……就能說得過得了。也許還得拜師學藝一年半載、也許得自個學習，那就更要費些時間了。

「始終聽話的學生是最對不起老師的！」看來老師應該就是那不聽話的學生，但也因此從「破壞規則的衝動，是人類最享受的樂趣」中不斷學習，因為不想聽話才能破壞規則，因為破壞規則才能再創新。也因此才能創造屬於自己的樂趣——語言遊戲。說真的我還真看不懂、也看不習慣這類型的詩？但是又何奈……也只能勉強的寫寫看囉！

以《剪出一段旅程》寫作中的幾篇文章形態來說，世界現存的三大文化系統各自發展出互不統屬的類型：創造觀型文化：模擬或仿效上帝造物的本事；前現代（模象、寫實）、現代（造象、新寫實）、後現代（語言遊戲）、網路時代（超文本）。氣化觀型文化：模擬或仿效相應的氣化觀念，而致力於「綰結人情，諧和自然」人間情感的經營。緣起觀型文化：模擬或仿效相應的緣起觀念，而致力於「生死與共，淡化欲求」人間情感的拆解。

詩25：〈聽天由命最好〉

「三分天註定、七分靠打拚」是指我們人在世當時時努力，鼓勵人定勝天要大家能有不放棄、不妥協現況努力踏實的行動力。而創造觀型文化總是認為上帝就是能創造新的東西，所以寄望於上帝，上帝總是能營造出美好的前景，而「三分天註定、七分靠打拚」就會變成「七分天註定、三分靠打拚」。至於氣化觀型文化和緣起觀型文化，認為「三分天註定、七分靠打拚」希望鼓勵人定勝天要大家能多往前衝，因為唯有努力人生的方向才會比較正向。

詩34：〈輪迴等你〉

賭上帝存在有關幸福
我們不搞這一套
大小事都要聽天由命
也太過有個性……

創造觀型文化：上帝真能給我們美好的一切嗎？這是前現代模象主義的心態使然，因為認同上帝造物的本事，所以才如此認為上帝與幸福有關；因此你必須相信祂的能力。氣化觀型文化：模擬或仿效相應的氣化觀念，而致力於「綰結人情，諧和自然」人間情感的經營。

氣化觀型文化則認為自己有能力能改變一切，在這輩子裏我多努力，下輩子也許會少辛苦一些；這輩子我多積些福緣，下輩子輪迴時也許改變會大一些。緣起觀型文化：模擬或仿效相應的緣起觀念，而致力於「生死與共，淡化欲求」人間情感的拆解。緣起觀型文化則認為這些上帝、菩薩、如來佛等對我們沒有什麼幫助。只相信生老病死是人生常態，因為本身對環境沒有太大的改變能力，於是就有任環境擺布，對一切淡化無所欲求。

詩2：〈以你為師〉

「以柏拉圖為友，以亞里斯多德為友，更要以真理為友！」哈佛大學的校訓如是說
宋儒的口頭禪「天不生仲尼，萬古如長夜」
老早就被韓愈削去了一半
「術業有專攻，師不必賢於弟子，弟子不必不如師呀」
還有孔平仲那傢伙也學人在暗中度量
「令人心服是吾師！」
「達摩是老臊胡，釋迦老子是乾屎橛，文殊普賢是擔屎漢……」
……
他們都在迷戀

一個上帝一個師尊一個佛陀
偶爾才會想起自己

由此得知創造觀型文化、氣化觀型文化、緣起觀型文化各有自個尊崇的對象。前現代模象主義在各自的尊崇中找到了一個合理的解釋，讓大家都能得到解脫。這一個尊崇對象型態各異，有實體的、也有空穴來的，它們說穿了都只是心靈上的慰藉而已，離開這模象之後回歸於現實的是——自己。

一本有指標性的作品

陳家珍

一、前言

老師要我們評論他的詩集？天哪！老師的詩像有字天書一樣好難懂喔！要怎麼評論？這本詩集還熱騰騰的時候，便已到了我們手中，因為快上課了，隨手翻了一下，「那話兒……」、「司馬遷被閹了雞雞……」，難怪，老公說很想來聽聽周老師那有新意的見解。

第二次拿起這本詩集，又稍微翻了一下，又是「……陽具」、「……私處」，心想：可以來個量化研究，統計看看那些語詞各出現了多少次。這樣到底又能談出多少東西？不行不行，老師上課說要講究方法。好吧！那麼先來談談什麼是「批評」。

「批評」包含了「描述」、「分析」和「評價」。另外，有人在「文學批評」外還列有「文學欣賞」和「文學研究」，但「欣賞」和「批評」都是要再捕捉「創作」所要捕捉的東西，那麼「欣賞」和「批評」只可能有廣狹的差別而不可能有本質的乖異。也就是說，「文學欣賞」是狹義的「文學批評」。那麼，我就試著以「欣賞」的角度來看這本詩集。

二、欣賞

在這本詩集中，可以看到老師不斷地從創造觀型文化、氣化觀型文化和緣起觀型文化這三個面向來探討東、西方的人心。

本詩集中充斥對政治活動與權力運作的關注，並藉由性意識來抒發對社會的權力／知識關係的想法，所以從詩集中約略可以感受到，研究性意識乃是了解權力／知識關係的關鍵。

「性」是人類生活的一部分，也是人類種族得以繁衍不絕的一個最主要的因素；但因「性」本身具有強烈的隱私性，即使親如父子、母女、師生，亦難以暢所欲言。所以長期以來，眾人所獲得的性知識皆由「性好奇」到「自我摸索」、「道聽途說」及「閱讀書籍」等途徑輾轉而來。

透過古代陶器、玉器、木雕、刺繡、春宮畫、性文學等，不難發現細緻描述男主角性器官之偉碩及女主角身材之曼妙的作品，有的從前戲經實戰到事後階段逼真動人；有的則強調男性之勇猛狀及女性陶醉狀。由此可揭開中國人性文化的神秘面紗，並可得知「性的探索」在中國其實早已開始。

佛洛依德在二十世紀初，創立了「性欲說」，認為性能力是精神活動的主要動力，人類的社會活動和藝術創造的原動力就是表現性能力的性欲望所為。這樣的說法，體現了中西方文化對性有類似的看法。

從「性與權力」的主軸來看，此詩集陷於「陽具文化」的思維中，呈現某種曖昧性的張力。利用對女性性器官的深入刻畫，烘托出性愛畫面的奇詭。並於書寫兩性性歡愉時，強調女性的身體歡愉，必須依賴男性器官的插入，而無法擺脫陽具文化的思維。

從「世界觀與性」的角度來看，在「創造觀型文化」中，性是大膽開放的、深刻露骨的；在「氣化觀型文化」中，性是保守的、含蓄的，是以男性為主體的；在「緣起觀型文化」中，則強調人是沒有情欲的。

從「言說型態的權力展現」來看，本詩集思想的三大軸心即為知識、權力、主體。除了身體、權力為其關注點外，作者藉由建立其個別特殊性，強化其論述使得這個領域的知識成為可能。這牽涉到知識和權力的問題。

從「詮釋學」的角度來分析，可看出老師體現理解和處理事物的方式。保留意義但是把它座落到社會實踐和文本中，用活著的身體把經驗組織起來，而主體是歷史文化的建構。

三、結語

本詩集清楚的挑戰哲學主流，指出新的文化觀、研究方法和力場，是一本有指標性的作品。

性學・大膽・震撼

鄭揚達

書名《剪出一段旅程》給我的第一感覺是「旅程可以用剪的？」心中的疑問讓我猜想不透，加上回來上班後，行政工作及班級事務多如牛毛，一直沒有充裕的時間靜下來慢慢欣賞，只能利用空檔的時間，細細品味，如果老師覺得詩評寫得不好，還請多見諒。

大略看完一次，整體的風格讓我聯想到書名，剪的意思可能等於組合，旅程可能等於綜覽古今，我可以從各篇章中看到歷史經典人物的行事作風、理想言論等，以及各家學派，甚至結合宗教學、美學、性學等，讓人看詩彷彿悠遊於古今中外、百科全書當中，而每個有數字9的詩篇，都是前幾篇的後設，可以從數字9的詩篇中的句子找到前幾篇詩的題目及內容，相當具有獨創性，可以讓人更容易了解詩篇的意境，也更讓人了解詩與詩之間的聯結，老師寫詩的功力真是令人嘖嘖稱奇。

老師的寫作手法，跳脫以前我對新詩的看法，以前我認為的新詩就是愛情、溫馨、歡笑等等，很少看到綜合體的新詩，何謂綜合體？老師的詩充滿哲理，不是看過就能理解，是要用哲學的觀點慢慢去思索；還有老師結合上段提及的各種學派，更有史學等，感覺上有知性，也有感性，更有理性，而這些各領域的內容，都在老師的巧筆下一點一滴的剪下組合，讓這些舊內容創造新旅程，而我們也是以新鮮的角度來看待我們曾經已知或未知的內容，換個角度看，把彼此結合起來欣賞。

凡是文字作品都給人有意境的想像空間，其中「詩」更是如此，因為詩的語句精鍊，讓自己用簡短的訊息去組合一個畫面，本來就不容易；可是當我看到老師的詩，有些主題的內容呈現的訊息，我很難想像其意境，有的是彼此之間的內容領域差很遠，有的內容跳躍度太大，有的則是很難想像敘述的畫面，有些則是給我的震撼太過強烈，但是也有可能是我的文學素養還不足以欣賞老師的鉅作。

各篇都有可以讓人思考的空間，例如：第2首〈以你為師〉，整篇看完，給我一個感觸，我們常常去欣賞他人的優點，去效法他人，這樣的想法是非常值得肯定的，表示這樣的人是有進取心，願意察納雅言，可是像這樣的人自己往往就有值得他人效法的地方，就像老師文中提及的「偶爾才會想起自己」，所以這是可以有高度思考空間的想法。

整體看下來，老師用心雕琢每一語句的痕跡清楚可見，也回應了老師課堂中形容的自己「不寫沒意義的話」。最後一些小建議，老師部分的內容實在太前衛了，我有同學借去閱讀，看到有關於性的寫法如此大膽，都問我老師的專長該不會是性學吧！這些大膽的內容，有時候看起來有些不舒服，這是我的一些感覺；但是不重要，畢竟藝術不是簡單組合的，老師花心思寫，一定有深度用意，不是我可以輕易體會的，加上藝術本來就見仁見智，所以只是提供給老師作參考。

無法成評

吳淑玲

剪出一段旅程，
剪不斷，理還亂。
是想清楚的「剪」開，或是想延續「出」一段旅程，
有衝突的意象，是詩的語言。
周老師釋疑「詩的語言」：
兩個相異的組合，藉此製造衝突，結合出新意，以作為文學的表現方式。

想到亂世佳人中，郝思嘉與白瑞德的情感糾葛，
二人想廝守在一起，卻因時代動盪，
只能各自依個人不同之生命風格繼續著自己的旅程。

想到海上鋼琴家，為自己彈出一段不朽的生命樂章，
卻因創造觀型之文化信仰，選擇與船隻共生共滅……

結束自己的生命航程，生命的意義隨著船生船滅，
保留最好的去見上帝，以便得到上帝恩寵。

聖哲出場形成眾生迷戀情結，
上帝、師尊、佛陀被供奉與歌頌著，
偶爾才想起自己，
卻忘記
道場在自己身上，智慧需自己面對與開啟……

創造觀、氣化觀、緣起觀，周氏三大文化系統，
邀請上帝、儒、道、佛一起來上課，
96年暑假有幸成同窗。
最喜歡「緣起觀」來身旁，
無念、不執著，自在生活……

師公說：
禪修之目的在明心見性，

是完整內證之實相功夫。
全然在自己心地內耕耘，
絕無絲毫外力他力可介入，
更不可能由一切有為之方法所助成。

可藉三妙法門：思維、靜慮、寂滅，
契入關照不二門——面對，
直至明心之本來緣生地。
面對一切順逆境，
全然無絲毫善惡之心念，
直至明白心念之生滅因緣果。

顛倒因無明，
恐怖因執著，
夢想因罣礙。

以不執無著之心，
清淨無染之心，

來面對心識生滅，
直至止住識心之妄念幻覺，
喚回菩提道心。

想蘊不生觸空迷幻，
意根成為一面明鏡，
色蘊明朗無礙，
受蘊真實不惑，
想蘊不幻動，
行蘊不起膨脹空間之行，
識蘊六道庫不輸資訊，
惟見入流課程，
則可順流隨流進入清淨之海。

似懂非懂，但，就是喜歡，
每天唸它一遍，
每天面對自個兒的心地，

希望能將迷失已久的自我心地慢慢尋回。

每天面對自個兒的凡心、煩心，
逆境恐慌畏懼心，
順境得意傲慢心，
平時執著染黏心，
明白自己之妄心，
明白心識之生滅。

禪，
不是要放下一切，
反而要承擔一切，
把一切關照到明明白白。
凡事用實踐之方式，
不用理論之念頭，
凡事不要有得失心，
凡事不要太計較，

有所執著萬相生，
無處罣礙一心明，
觀身觀口觀意觀心業習，
照貪照瞋照癡照識慣性。

詩評無法成評，
引出自己一段面對旅程，交卷之。

你勢必都已知曉

許峰銘

「我一個不能疲累的旅人得繼續往前走」。〈楔子〉的末句作者為自己創作的原因下了最大的註解，縱使肩上的擔子沉重，抑或創作的路途上遇到許多困難，但作者給自己的寫作時程上明白的表達出，「無端地的逗留，將會是超常奢侈的享受。」故此，作者將「氣化」、「緣起」及「創造」三觀，在這本詩集中，穿梭中西，調戲聖人，再加點「性」的調味料，於是剪出了一段旅程！

在〈經典非我〉中，作者談到二十幾歲讀完十三經註疏，研究所入學口試卻被教授戲弄，原因是把「論語當經？」但從「怎麼論語就不能當經你要騙誰」這句話看出，作者準備要在接下來的詩句中，跳脫中外，用自己闡述而出的三大觀點看世界，而不受學術包袱框住，下了一個最佳的註腳。〈歷史會說話〉中談到佛陀打坐靠女人加持；〈那話兒有點漫長〉中說上帝是不是已經陽痿了，大膽的道出東西兩聖人也有其凡人的一面，是否跟「緣起」及「創造」二觀有關係？綜觀全集，作者將上帝、道、佛以凡人形象表現而出，雖說世界是由「氣化」、「緣起」及「創造」三觀包裝而成，世界由氣化生而成，產生各種形體，氣也在「塵世」及「靈界」中穿來梭去，保持一個和諧完整的世界。但科學卻極力要否定上帝的存在，但詼諧的是牛頓卻要「思考上帝的思考」，是不是人們懂得越多後，才發覺知識的背後有著一股人類無法窺知的氣存在著，西方創造觀的人們要救贖，信奉氣化觀的人們維持團體和諧期待死後能進入輪迴，確保來生的安身立命，但是卻產生許多藉口來造成世界的殺戮及戰亂，這些會不會都是背後的那一股氣在流轉，為的是保持「塵世」與「靈界」的供需平衡！

在後設之後馬上就出現幾篇「棒槌」和「凹洞」，女人的薔薇嬌嫩欲滴，在與男人交歡時叫出的名字卻是「上帝」、「我的天」，難道這也是創造觀下陽痿的上帝自慰的一種方法嗎？祂的創造觀下的子民們斤斤計較胯下的女人想的是那個男人，不料卻被上帝開了一個大玩笑！

不過，中年男子也在詩集中寫出了必經之路：奶蜜與果茶。回想著當時的奶蜜，看著清淡的水果熬茶，不得不窺想叢林裏的玫瑰的樣貌。人類發展了那麼多年的進化，卻有許多仍然逃不出最原始的那話兒與玫瑰，不同的觀點下所孕育出的子民，深層的認知卻是相同，造物者啊，這些你勢必都已知曉！

一個縱橫古今中外的生命之旅

張藍尹

一、前言：

這是一個縱橫古今中外通曉儒釋道和西方上帝的文人，對文化和文明的批判及思考。全書有一種無奈、不滿和揶揄的意味。標題《剪出一段旅程》，也比喻著讀者讀完全書如同走了一趟生命及價值澄清的旅程。

二、全書架構：

第一首開啟旅程的第一步（總說），點出三種文化觀來開頭，接著由三者之間互相辯證和對話來連貫內容，每遇第9首，詩人就會後設一下自己的詩作，有承先和啟後的功能。

第二部分（分說）以西方創造觀為主軸，內容以上帝與西方文明發展的各個面向來鋪陳，例如性愛、創造和災難。第19首後設詩則是揶揄一下西方人眼中的上帝。

第三部分（分說）以中國人的氣化觀型文化進場，寫中國人對性的觀點、情愛的特質（〈果茶〉），對生命的聽天由命和對自我表現的壓抑（〈沒份〉、〈算計你〉），也對中國文明被西方文明強壓過的悲嘆，順便一提另外一個靈的世界。第29首又後設一下，作者跳出來提醒讀者對自己文化的堅持和行動。

第四部分（分說）進入佛教世界的緣起觀型文化，寫佛教的無我無欲無愛、輪迴觀，第39首後設詩則是緣起觀型文化的總和。

第五部分（總說），以重回三大文化觀的辯證（〈世界觀你我他〉），並以圖說更清楚闡明三者的不同，另外又指出三大文化的勢力消長和西方文明是災難的開始（〈塵世從你有難〉）及另一股靈界勢力的存在。

最後以三大文化的和平共處攜手共和作為終點站。

三、全書特點：

(一)對古今中外哲人的揶揄，從第1首〈聖哲出場〉和第2首〈以你為師〉可以看出詩人對所謂的聖哲和先師有一股叛逆和嘲諷的意味，揶揄雖引自別人之口，但是詩人自己對傳統及真理的看法明顯寄託其中。對歷史學者的道貌岸然也嗤之以鼻：如〈歷史會說話〉用不屑的口吻諷刺，歷史撰寫者其實內心都是苦悶充滿情色欲求的，只因禮教束縛。

(二)對三大文化系統生成的互相辯證：提供一個平臺，讓世界的三大系統文化在此推衍和辯證，例如〈上帝呀道呀佛呀〉、〈有點酷〉、〈經典非我〉寫三大文化觀。〈上空就可以了〉、〈輪迴等你〉、〈解脫了還放不放〉寫緣起觀型文化中佛陀的無念。〈沒聽過它有什麼關係〉則也是對佛教無性的一種揶揄。〈如水〉則是緣起觀型文化的愛情觀。〈科學有事〉、〈塵世從你有難〉是寫西方文明的動力是榮耀上帝，卻也是人類災難的源頭，也寫對上帝袖手旁觀的責難。詩人在中西經典中不斷穿梭，為了辯證真理。

(三)對文學的觀點：文學是讀書人的騙術，古今中外都一樣，詩人縱橫佛經偈語、西方文學、中國文學流變，為的是表達對文學不真實的本質的觀感。

(四)後設的檢視：對成詩的想法和過程，後設一番。基本上詩人自覺寫詩是跑跑跳跳的過程忽古忽今既東又西，一下寫實（〈歷史會說話〉），一下超現實（〈默〉），一下又魔幻寫實（〈誰喊救命〉）。寫詩本質是為了嘲弄別人與定位自己。整本書確實也出現這些特質。每一則後設詩都有統整前面思維啟發後面成詩的作用。

(五)對性的聯想：從高跟鞋到裸體模特兒，從上帝和黑人的那話兒，詩人以上帝和白人作為揶揄的對象（〈再後設一下〉）。〈愛情濃度〉中卻用極盡具象的比喻來形容愛情和性。〈先幹〉寫一個中年男子對性的渴望和傳統禮教的抗議。〈果茶半杯〉寫東西方愛情的濃度。以果茶作東方愛情的微酸和甜。以奶蜜喻西方愛情。

(六)對思考本質和人類地位的嘲弄：不管是教宗，或神學家、數學家、天文學家自以為原創的思考，終究逃不出上帝的手掌（〈你會紅〉、〈賭〉）。〈聽天由命〉說的也是才份天註定的感嘆，更是宿命論式的人生觀。又如〈沒份〉和〈算計你〉基本上也是詩人自己對懷才不遇的寂寥感的抒發和自我安慰，及對外在挫折的因應。

(七)為中國文化的西化而哀嘆：如〈可憐蒼生〉在嫦娥神話被西方文明戳破之後，一種文化的失落感。

四、本學期語文研究法課程的總結：

本學期老師上課以三大文化觀為主軸，貫穿各種研究法予以驗證，這本書其實就是整學期課程的縮影。在詩篇中，我們可以看到有描述、詮釋和評論語句，方法上有發生學的影子（亞當及夏娃）；看到符號學象徵符號（玫瑰、果茶奶蜜、木杵等）；看到文化學（三大文化體系的論辯及思考）、社會學（處在三大文化之下的人際互動）、及二元對立的結構、甚至美學及詮釋學（各個文化體系集體的潛意識即是一種詮釋）皆可派上用場。另外在詩人的立場上，也以各種後設語言進出於作品間。老師的大作內容豐富，令人目不暇給，可感受到老師的豐富涵養，及讀書通透、縱橫思考貫穿古今。但有些詩因為讀者本身識見有限，也沒有紮實的學術根柢，所以無法明瞭詩人的表達意圖，可能解讀就和原作有出入，還請老師見諒。

解構與合成的旅程

林彥佑

《剪出一段旅程》，這本書名，取得頗有「詩味」的！「旅程」，該怎麼剪？剪出什麼東西？剪下來能夠拼湊嗎？

詩是一種聯想性極高的體裁，也是跳脫一般直線思維的文章；簡單的詩，可以用三五行就完成；複雜的詩，數十行都能足以讓詩人欲罷不能。「讀」完這本書之後（詩應該是「看」、「休閑」用的，而不是讀書專用的），我找到詩的解構與合成——句與句看似毫無關連，然而不斷思考句句的內涵後，卻發現每一句都是有互相聯結的；也因此，解構與合成是構成詩性美學與創造思維的重要概念。

回到「剪」出一段旅程的概念，「剪」就是將一個事物，裁成幾部分，不一定是等分的剪，也不一定是毫無頭緒的剪；但是「剪」勢必要牽涉到「拼」的問題。也因此，藉由詩的解構與句的合成，恰巧符合「剪」與「拼」的概念。

然而，「旅程」並非現實生活中那些狹隘的旅程，它可以是作者內心情感抒發、文字醞釀與產出、讀書吸收與轉化的過程（本詩集的內容著重在後二者，亦即文字表達與讀書所得的部分），這些都可以視為廣泛旅程的部分；但是就寫詩的意義上，我們更認同「內心的旅程」比「外在的旅程」更有寓含。

這些詩，是用文字、史學、哲學、語文研究法共同串連起來的。原本將詩侷限在「休閑」的心態，也藉由這本知識性的詩集，有了改觀；老師也採用更學術性的方式，將傳統柔性的詩作一重大突破，呈現獨特的「周氏風格」。以第7首〈被騙了文學〉一詩，甚至將故事與佛學都融入其中；第10首〈再出發〉，第11首〈藝事〉，也將性與美學寫了進去；在這本書中，類似的手法，隨處可見。

以前總認為寫詩就是不加任何學術性的知識，單純用文學性的字詞來詮釋某一主題，不過接觸的詩集多了之後，才發現有一些詩，是要「綜合」所有領域，才能寫得磅礡、有氣勢。因此，當我再回頭檢視我以前的作品的時候，才發現那只是「分行式」的文章，構不成詩！

讀詩，不似讀散文、小說這麼簡單；讀詩貴在不能轉移注意力，一想其他的事時，就分神出去了。讀這種文學性極高的詩，必須專注某一句上。將意義、意境統統在腦海裏勾勒、想像出來，等到圖像出現後，再往下一句摸索。以第11首〈藝事〉例，如果把圖像想像出來，會更容易理解詩的內容，也更有讀詩的情趣。詩就是有一股很奇妙的力量，難怪有人說詩寫不出來的時候，趕緊在腦海想像一個畫面，隨即靈感就來了；或許圖像就是詩文的一部分，也因此在最後幾首，作者用大量的圖像來彌補文字的不足吧！

這本書，不僅是一本詩集，更是所有中國文學與各種領域的精華；然而，卻因為學問過於艱深，常致使許多讀者無法接觸；也因為如此，才能藉由這本書，去開拓視野，找出更多真正對自己有興趣的知識。在此，衷心期盼有下一本詩集的誕生。

不一樣的視野

許慧萍

對教授的第一印象，是個溫文儒雅的文人。知道教授喜歡寫詩，不免俗套的將教授歸類在詩人給人距離遙遠、高高在上的框架裏。等一接觸教授的詩後發現：教授顛覆了我對詩人刻版的印象！教授的詩是貼近羣眾的、是生活的、是跟人有所相連而讓人產生悸動的。接獲教授未出版的詩集，說要寫詩評，這真的是一個困擾的功課，讓人久久不能下筆。困擾的是：如何能以對詩似懂非懂、半生不熟的認識，去評論教授累積多年的寫書歷程所醞釀出的創作？困擾的是：對於初次深入涉獵語文領域探究文字瑰麗的我，怎能正確且精準的體會出教授字裏行間真正的意涵？不知怎麼下筆還是得下筆，只好請教授笑納了。

就創作的風格而言：在教授的字句裏，隱約透露著墮落、衰敗、反叛和背棄的意味。從人性的真實、黑暗和醜陋面去看待人世間的問題。這是種擯棄傳統詩歌宣揚人性光明面、歌誦道德和教化人心的寫法。用不同的角度去看待同樣的問題。顛覆傳統，獨樹一格；突破現狀，不落俗套；勇於創新，彰顯個人風格；有種樸拙的美。那種感覺神似米蘭·昆德拉的著作《生命不可承受之輕》。且從以下五個角度來詮釋我的感受：

從存在主意的角度：如同存在主義者思考的問題，我們為什麼要存在？存在的意義又是什麼？以這類的思考模式去探索人生遇見、看到的問題。用後設的論點和後現代的筆觸去重新審視問題，讓人有全新的感受和不同於以往的想法。這不免讓人想起老子常用的方式：「正言若反」。就對事物的看法，從字面上的解讀，老子或許是這樣說。但也許他真正想要表達的是它背後所代表的意思。也就是說，看起來是贊成，其實是反對；聽起來好像是可以，其實是不可以。

就美學的角度：教授用的是審醜的方式來處理文字。一反我們善於追求與欣賞美的事物的既定想法。所以，文字間就有種悲壯的美，隱約透露著文學裏的悲感。這也是引發人從另一個角度去看待問題，重新發現問題的另一種意義，拓展不一樣的視野。

另一個對詩的感覺是，不免教授對於寫詩的大多風格：陽具崇拜。教授慣以經由陽具的描繪去引出想要說的話或是想要表達的意思。這種讓人臉紅心跳的描述方式，是和教授相處六週後所延續的感覺。這不太像教授給人的感覺：溫文儒雅，因此也透露著教授表裏的矛盾，原來囚禁在教授內心的是澎湃洶湧的靈魂，這一點的體驗和那天聚餐酒酣耳熱後的教授不謀而合。有時候創新是需要勇氣的；突破傳統的路是孤獨的，尤其又在文人相輕、身負延續我優良傳統文化的藝文界裏，我想這句「強者的孤獨」對教授而言，應該有所感受。

就宗教的觀點來看：教授對它是擯棄的。認為天上的神佛以宗教之名，用道德、禮法、制度囚禁人類的心靈。用宗教的框架去限制崇拜它的人。再深入的去思考這些模式，其實它是自私的。光憑這點就覺得這思考模式是另類的！這無關褻瀆，是用人性的角度去看這些用科學無法解釋的問題。其實只要心存善念，以寧可信其有的心態去尊重它，依然可以和平相處。近來由於大家對未來的不確定感，更凸顯對於宗教的信賴。有時候我們在思考如何解決問題時，往往心中已經有了答案，只是需要有人支持罷了，而在這個對於人性充滿不確定的時代裏，宗教在這時候就能恰如其分的扮演這個角色。

就呈現的手法：走圖像詩的風格。在這本詩集教授用了些圖像摻雜在字句中，這讓人想起有首叫〈水牛〉的詩，作者將詩寫成圖像，當你讀完這首詩時，看到的圖像就是一隻水牛。教授用圖像詩的架構來強調所要表達的意念，也藉由圖像來解釋或是增強讀者對於詩的了解。很新穎、很特別。

最後就寫的方面，因為功力不夠深厚，所以只有對兩首詩比較有些想法。像是第9首〈後設一下〉，其中的一句：「此外還有二行三行四行五行六行七行八行九行亂七八糟行」這句。從二到九行是順序的描述，因為後面有亂七八糟，是否前面的順序寫到六就可以了，也就是換成：「此外還有二行三行四行五行六行（七行八行九行）亂七八糟行」（華按：有道理，已經照改），會不會比較好？而另一句：「一下子寫實一下子超現實一下子魔幻寫實」？若要前後呼應改成：「一下子寫實一下子超現實一下子寫實」會不會比較好？若不是前後呼應，改成：「一下子寫實一下子超現實一下子魔幻一下子超夢幻」會不會比較順？另外是第10首〈再出發〉。其中的一句：「新款的鏡映裏有煲湯的味道」。若要引出下一句也是描寫吃的，是解釋得通的。若沒有，改成「新款的鏡映裏有游離穿梭的身影」是否更貼切？

這些是我對教授寫詩的筆法粗淺的解讀。請教授笑納。

他在宣洩什麼　徐培芳

一、前言：

詩評，聽起來十分專業。似乎要有什麼知識背景、專業素養才能下筆評論之。此篇文稿不敢說是評論，只是個人小小的意見分享。作為一位讀者，讀後的心得。讀者反應論是一種新的理論觀點，強調閱讀中形成的意義與解釋乃在於讀者的心靈裏，至少是讀者與文章相互溝通的結果，而不是單獨存在於文章本身。當然，文學本身，特別是詩集乃是作者本身的創作，讀者的反應並非作者寫作時首要考慮的因素之一。

二、從題目談起：

一段旅程，蘊藏著許多豐富的經歷。「剪」出一段旅程，彷彿作者有意無意的，想要開創出一段與眾不同的旅程，想必對創作者而言，別具意義。當我，翻閱詩集，彷彿也翻閱另一段旅程，一趟未知、驚奇，又令人充滿期待的旅程。

特別喜歡「剪」這個字詞，美髮師拿著剪刀能夠任意剪出各式各樣的髮型；裁縫師拿著剪刀可以任憑己意的裁剪布料製作新衣。只要是專業的美髮、裁縫師，憑著一把刀，都能化腐朽為神奇，重新打造一番新風貌。在此段旅程中，周老師帶我們穿越時空、橫跨中西，敏銳的思緒似剪刀，俐落的處理了哲學、文化、社會現象等等題材，不得不佩服老師的博學，如此才能帶領讀者走訪一趟不一樣的旅程。

三、獨特的旅程：

旅程中，探討愛情濃度、性器官、世界就是這樣……等，我們可知，性、愛情、宗教信仰等，從古至今，都是人類生命的共同經驗。深陷其中的我們，不斷地尋尋覓覓，想一探究竟，揭開其相貌的神秘面紗，好叫我們能夠理出一個頭緒來。周老師也是如此，嘗試想要解開這些難以處理的人生課題。於是這樣一點一滴的以詩的方式記錄了自己與這些議題的對話，也見證了個人的成長。其中，一把「利器」就是三大世界觀，以此解構了我們所處的世界，一解（一剪）這些人生課題中的煩絲。以創造觀來看上帝所造的宇宙萬物；以氣化觀來體察東方文化彼此相聯結、剪不斷理還亂的關係；以緣起觀悟出人生無常、其果必有因的道理。在周老師手中運用自如，也能看出詩句中，與上帝、佛祖的對話……

周老師特別以新詩的形式呈現，將不同範疇結合在一起，產生許多新玩意兒，新穎有趣。不過，這些不同範疇實在難以理解，而其中的內容，犀利、直率，將一般人不太談的話題，赤裸裸剖析談論，實在令人咋舌，只能暗暗佩服周老師的勇敢。在此特別看出周老師獨樹一格的文學風格，重視個人的創作表現，並無特別迎合他人口味，更不必獲得別人讚賞，以詩集作為個人內在的出口，藉此宣洩表態……只是，我常在想，文學若想處理人類共同的經驗，是否在某一程度上需要激起別人的共鳴，那麼要如何才能引起他人的共鳴，特別是後現代的新詩，這種充滿象徵、不同範疇的新意？

它是一本限制級的詩集

何瑞蓉

以《剪出一段旅程》作為一本詩集的主題，似乎蘊涵後現代文字拼貼的意味，感覺上很像是要利用各種素材去拼湊出什麼東西來。如果要具體一點的形容，就像是縫製一件拼布作品，先蒐集各式各樣的布料，打散後重新組合，用創意和巧思賦予這些零碎的東西新的樣貌。

讀完這一本詩集之後，大體上來說，我覺得詩的主題都蠻聳動的，帶有一點挑釁意味，有一點揶揄的語氣，似乎又有一些對世人的提點蘊藏在內。我認為光就詩的主題來看，可以說是相當吸引人的。

從詩的內容來說，起初看起來似乎雜亂無章，讀到最後才發現，在同一首詩裏提到各家的思想，引用哲學家、科學家、思想家和宗教方面的不同論述，好像是在引導讀者，就算在不同的領域中，也會存在同一種現象，只不過各自用不同的說法來表達，或從不同的角度來詮釋；但是周老師將這些不同領域的思想點出來之後，卻又不完全肯定這些「聖哲」們的說法，常用小小的質疑或是自嘲的方式收尾，留給讀者無限想像與反思的空間。也許是因為在臺灣這種教育制度下，我們都太習慣全盤接受「先賢先聖」們提出的看法，由於他們對這個世界的貢獻是如此的大，所以我們不曾質疑過他們的說法，也不曾站在批判性思考的角度來檢驗他們的論述是不是在任何的情況下都適用。可能周老師是想藉著這樣的內容，讓已經習慣於接受一切、習慣於被安排、習慣於有正確答案的我們好好思考一下，究竟什麼想法才是真正存在於「自我」心中，而不是只會一味承接他人的說法，畢竟「始終聽話的學生是最對不起老師」的。

再來就是針對詩集中出現頻率也頗高的「限制級」內容部分。一開始我覺得有些文字實在是太過白話，我完全感受不出任何的美感，和大部分詩中會採用隱喻或假借的方式比較起來，根本就是血淋淋的刺眼，可以說是不堪入目。但我想周老師這樣做的用意是不是故意的，想要顛覆在我們心中根深蒂固的某些觀念和想法，同時也對社會現象作某個程度的呈現。這個部分不但給了我相當的震撼，也留了相當大的空間讓我們可以好好的「後設」認知一下。

不知道周老師要將這本詩集作怎麼樣的定位？是可以給普羅大眾廣泛的閱讀？還是只要有知音小眾讀得懂你的心就好？這本詩集裏面的每一篇主題中引經據典不少，但是由於我才疏學淺、資質又不太好，真正能完全了解、體會，並發出會心一笑的，實在寥寥無幾，所以寫這一篇詩集評論的難度對我來說實在太高，壓力也很大。我努力的在我的認知範圍內試著評論，但也許並沒有碰觸到整本詩集所要傳達的意境或概念中心，也或許對周老師的用意只是胡亂猜測，這實在是我閱讀涉獵的範圍不夠廣又不夠深的緣故，只能說自己應驗了那句話：書到用時方恨少。

附：

(一)我記得周老師似乎有提過要將全班寫的詩評隨詩集付印，在這裏煩請周老師不要將我的這一篇詩評附在您的詩集內（華按：來不及了），我認為自己在各方面都還沒有準備好，無法眼睜睜的看著自己的拙見被印出來，拜託。

(二)由於詩集中有「限制級」文字，建議可以列為「保護級」，由家長陪同青少年一起閱讀。

就像品嚐咖啡般

匡惠敏

人生是由好幾段的旅程組合而成，一段旅程就像一段故事，旅程結束時也彷彿是故事的結束。但是人生看似已結束的故事卻可能會再發生，就如同結束的旅程般，在心中總還會有些回憶，想忘也忘不掉的一直放在心中的某個角落。《剪出一段旅程》這本詩集想表達的是什麼？想剪下的是那一段旅程？是喜、怒、哀、樂、愛、惡、欲的那個部分？這一段旅程有著那些讓作者難忘的回憶？個人試著從詮釋學的角度來大膽詮釋，這段旅程多來自作者教學的靈感，是作者在教學時與學生間互動的內容，所以對有修習過作者課程的學生，就能略讀懂一、二。若是你不曾與作者接觸，而你又能讀懂作者這本詩集，那麼恭喜你，你就是作者的知音，你與作者關係匪淺，你與作者已有累世的因緣，只因要讀懂這本詩集，實在不是件容易的事呀！

這本詩集是由三大文化系統為主軸，再貫串各種研究法於其中，雖名為詩集，但要動腦的地方可多著。這本詩集不似坊間詩集的談情說愛，也沒有抒景寄情，有的就像掛在大英博物館的作品般，氣勢非凡，每一首詩看表面都能讀懂，但是要深入就要下一番工夫了。作者以廣博的學問基礎，將所領悟的知識以詩的形式表現出來，詩的內容涵蓋古今中外，不以一家學說為主，完全是作者融會貫通眾多學說後觸類旁通，自成一家風格，在文學界獨樹一格。欣賞者將以讚嘆的心感佩作者的才華，不懂作者的人可能將會以有字天書看待，難以與作者產生共鳴。其實，只要多讀幾次，細細的品味，就能像品嚐咖啡般，越嚐越香醇的，只可惜不喜歡喝咖啡的人，就無緣去領略這本詩集中深藏的詩性了。

簡單的說，這本詩集中的第1到第9首，內容涵蓋了三大文化系統，第10到第19首是以創造觀型文化為主軸，第20首到第29首是以氣化觀型文化為主軸，第30首到第39首則是以緣起觀型文化為主要的依據，最後第40首到第49首又回到了三大文化系統。由此可知，作者在寫這本詩集時，已經有了清楚的理論架構，所以這本詩集是有脈絡可循的，當然要讀懂的人一定要先了解三大文化系統的意涵，這是最基本的功夫，馬虎不得。

在這本詩集中，不乏關於性的內容，作者無視於中國人對性的保守態度，將性這碼事大方的訴諸文字，光這點我就非常佩服作者的勇氣。說實話，剛開始讀詩集時，對關於性的內容總會難以為情，讀了幾次後反而會去接受，作者只是將性這碼事忠實的陳述，沒有任何的煽情與色情，作者勇敢挑戰了中國人的話題禁忌，公開談性，也給予長久以來教育避談性這方面的省思，性這碼事要在中國人的思想中解構還是不容易的，這與中國是氣化觀型文化的社會有密切相關的。

後記

已經出版了六本詩集，卻還像不曾飽足的人，老是想著下一道美食或額外的甜點。情況不就最晚出的《又有詩》的序裏才提到「《又有詩》結果了我近期起伏不定的情思，再啟程時應該另有一番風景，我會試著走出這個小框框」，突然又禁不住技癢，一個多月就草成了這本《剪出一段旅程》的詩稿。如果不是帶點對文字的貪欲，實在很難自我想像這種「蠻勁」是怎麼可能的。

恰巧又有機會在研究所暑期班的課裏談論我所建構的創造觀型文化、氣化觀型文化和緣起觀型文化等世界現存的三大文化體系的理論，於是就約請修課的碩一的二十四位朋友來評論，看看他們會怎麼理解評鑑我這本以上述三大文化系統的架構「計畫」性寫就的成品。而對於詩集本身，在這裏援例我是不便說太多的；因為這種後設論述不是會把自己新生的感覺強加在那些詩作上面，就是會讓讀者可以自行想像的空間遭到不必要的干擾，似乎都不是挺合適的。但為了這本詩集的「成形」因緣以及大家對於詩的「鍾情」美事，我還是得藉這篇後記敘敘在臺東人情詩感交會遭遇的過程。

有一次，研究所日間班的「文學與語文教育」課臨近傍晚，室外暮靄四合，涼風習習，樹葉飄落的聲音分明可辨；但在這催人淒美感觸的時刻，室內卻騷動了起來，大家在追打一隻乘隙闖進來的蚊子。平常我都是最先被叮的人，今天卻絲毫沒被侵犯，好像牠知道我會用詩來「體恤」牠的終場而先放過我。果然牠在燈光和氤氳霧氣的照明阻滯中飛沒多久，就被一個巴掌結束了生命。課後我回到研究室，想起那隻蚊子的慘死，難以釋懷，所以有了底下這一首詩：

故事

一隻蚊子誤闖禁地
在眾神間盤旋又逃竄
飄浮的氤氳裏有黏腥的味道
追逐著的巴掌總是來不及
躲閃　室內翱翔的憤怒
穿透網羅後還有更多的坎陷
等你施捨慈悲　分給
腳下無常的生命
最後依然如願的落幕
死了

一陣歡呼聲響起
割痛了蒼茫暮色中一顆早發的星星

這不忍孤獨成為美感的祭品甚過哀悼 隻蚊子的命運，何況那時我正在講著「文學如何觸景生情」的課題！往後不再有類似的故事上演，換成兩粒桃核來總結三大文化系統的審美差異。

在創造觀型文化傳統裏，因為敘事寫實的審美觀使然，文學的表現極盡「馳騁想像」的能事；而在氣化觀型文化傳統和緣起觀型文化傳統裏，也因為抒情寫實和解離寫實的制約，導至文學的表現傾向「內感外應」和「逆緣起解脫」的層面自鑄偉貌，彼此幾乎沒有「融通」或「互攝」的可能性。但我們可以試著「各別」仿作，以體驗不同質性的美感。在課堂上，我以兩粒桃核為例，請他們即興創作短詩，以為符應三大文化系統的審美特徵。很快的，成果出來了：

在創造觀型文化的美感方面：

兩個咖啡色的小硬殼
包著無糖白色巧克力（碧鴻）

美麗的外衣被誰偷走了（耀平）

身上的傷疤
只為那一刻的甜蜜（怡伶）

在氣化觀型文化的美感方面：

吃完最後一口
才發現
深褐色的果核正在泣訴失去溫暖外殼的孤單（國鈺）

只因水果攤上的偶然
竟成為你手中的玩物（亭君）

你撕裂我
只為看我那脆弱的心（怡伶）

核啊核
借問你的身在何處（芷玲）

在緣起觀型文化的美感方面：

當生命的盡頭與開頭相遇
甜桃的核笑開了（佩真）
褐色的空思想在書中蔓延（巧縈）
核肉分離
了無牽掛（嫈喬）

修課的朋友們有感興，我當然也不能閑著，分別有三首〈那對桃核〉的短詩（收入《又有詩》）跟他們的作品相唱和。同樣的題材，在暑碩二的「語文教學方法研究」課裏，讓他們分組集體創作並自行加標題，又有另一番的巧思。如在創造觀型文化的美感方面的：

創傷

驚蟄後的爆裂
在等待另一場春雨
（意爭、靜文、淑芬、明玉）

距離

世界的盡頭
好近
（翠玉、金葉、淑瑜、藻藻）

又如在氣化觀型文化的美感方面的：

怨

你怪我又臭又硬
又臭又硬的
才能天長地久
（孟嫻、婷珊、詩恩、麗娜）

無題

再甜的
放久了也會苦澀
（璧玉、嘉璇、湘屏、靜芳）

又如在緣起觀型文化的美感方面的：

圓

是生命的起點
也是終點

（秀芳、惠珠、佩佩、玉滿）

輪迴

一切又回到原點

（霏燕、珠帆、美慧、惠欣、麗櫻）

為了體驗文學細膩的觸感（跟外物接觸激發的創意），他們還以我帶去的一瓶子枯枝乾草為對象，即席創作了幾首雖然來不及潤飾卻也不乏深化美感作用的短詩：

死亡之吻

他吻過我
熾熱的烈情
換來一身枯萎
乾了

（翠玉、金葉、淑瑜、藻藻）

新生

即使等待錯誤
也將美麗
（孟嫻、婷珊、詩恩、麗娜）

美

時間停留在邂逅的那天
（秀芳、惠珠、佩佩、玉滿）

癢

因為我嗎
我來幫你
（意爭、靜文、淑芬、明玉）

翹課

好膽嘜走
（霏燕、珠帆、美慧、惠欣、麗櫻）

重逢

十二年的歲月
不是一張空白的紙
是一本寫滿思念的書
（璧玉、嘉璇、湘屏、靜芳）

由於有過前一個暑期的相處以及為他們寫了〈25加1缺2〉和〈瀕臨絕種動物的告白〉兩首詩（收入《又有詩》），這個暑期大家就不免有點「太過熟悉」的疲乏感，節奏開始有「遲緩」的跡象。就在一次「無謂」的爭執後，他們辦了迎新會，設筵於丹尼爾歐式庭園餐廳，邀我去；席間相談甚歡而前嫌盡棄，過去那「沒有距離」的美好感覺又回來了。當晚我的詩興再度啟動：

夜遇丹尼爾

單車載不動東海岸如許的盛情
詩在美食中難以飛翔
向晚的繽紛都給了明天最新的渴望

翻出記憶的扉頁
不能缺席的斜角上有清醒的印痕
那是要給你的羅袍
罩住慰語裏的一串串的笑聲

在情懺的濃稠過後
想念像一隻爬行的蟹
來回觸動著我的心

無言的承諾如果是風
最後我們自行的吹拂就會重返
看住這邊有一樣真摯的典當不能認真

其實，我還「偷偷」寫了一首〈新好了歌〉，因為情思對不上當時的氣氛，所以就沒有在隔天的課中朗誦並印送給他們。這首〈新好了歌〉不能跟《紅樓夢》第一回所載的〈好了歌〉相比，但也因語帶戲謔可以添趣而無妨把它列著「以供閑賞」：

新好了歌

沒有表情是好
點頭也是好
搖頭更好

菜色是丹尼爾做的不得了
佳麗們請的客記住吃到終了
回家做夢有微笑最能善了

好了要重新召喚表情
點頭好了都給主人
不許搖頭兑換微笑說好了

好了好了好好了

從另一個角度看，這首〈新好了歌〉已經蘊涵有後現代解構思慮的意味；它是我想藉來表明兼展示相關課程所觸及的文學風格的變遷問題。在敘事寫實一系，從前現代的「模象」

發展到現代的「造象」再到後現代的「語言遊戲」（甚至網路時代的「超鏈結」），已經有如繁花亂眼，使得另外二系中的人不得不勉為了解它的「內在因緣」；而這透過自我的揣摩創作，不啻也能感受一點「異曲」的興味。好比有一個趣味問答：「蛀牙、爛蘋果、未婚懷孕三者有什麼共通性？」回應的人給的答案，五花八門；當中「都是蟲惹的禍」和「拔得太慢」兩個答案分別獲得了旁人「會心一笑」和「大笑」的效應。這樣我重新把它「詩體」化，約略就可以藉為顯示不同風格間的差異：

都是蟲惹的禍

蛀牙
爛蘋果
未婚懷孕

拔得太慢

蛀牙
爛蘋果
未婚懷孕

反美學

蛀牙
爛蘋果
未婚懷孕

〈都是蟲惹的禍〉一首，可以當作是在「反映現實」；〈拔得太慢〉一首，有啟示或預警的作用，可以視為是在「創新情境」；〈反美學〉一首，兼有諷諭、拼貼兩面性，可以列入「以解構為創新」的範圍，它們就分別體現了一道從前現代到現代再到後現代的風格光譜。而這在研究所日間班的課堂上提過，卻忘了把它安排進暑期班的教學活動裏。不過，我另有即興表演創作的活動策畫，一樣能夠達到「辨義啟新」的效果。

古人說人生有三恨：一恨鰣魚多刺；二恨海棠花無香；三恨曾恐不會寫詩。這第三恨在以前流行「格律詩」的時代，的確不是人人能夠輕易問津且試為紓解「撫平」的；但如今早已放寬尺度是「自由詩」的天下了，缺乏詩感或不覺得需要詩感的人卻也不少，他們是否還有前人的憾恨，倒是可以將它懸著存疑而有機會再去探究。我從十六歲開始摸索寫作，沒多久就愛上了寫詩一道；只是作品青澀乏善可陳而隔了好長一段時間沒再碰詩（這一點已經在我第一本詩集《蕪情》的自序裏交代過了）。不意前幾年人生閱歷的變化，詩興又濃了起來，各種新詩體「無所不寫」。尤其遇到可以「感」詩「談」詩的朋友，這一「欲罷不能」的孕詩衝動就特別明顯。像前陣子跟渡也、莫渝兩位詩人互贈詩集，縱是彼此還不曾「閑聊」過詩的種種凌轢情感的經驗，但看到他們的作品就是忍不住要「感觸」一番。底下兩首正是分別題在《又有詩》空白頁回贈給他們的：

拼貼攻玉山讀後
——致渡也兄

看別人帶下半身上班不容易
政客用肛門思考
就不必把內褲染紅反攻大陸去
任由他們擠在小小瓶裏喊痛

這裏土地將自己撕裂
大家爭睹放煙火
屄要工作權
屌急著去聲援

男人勃起
女人也勃起
只有臥虎藏龍不演斷背山
少了政治

你是土石流黑暗的容器
教師節紀念自己用愛分娩詩
偶爾攻上玉山去更換陽具
回來還是一尾活龍

第一道曙光讀後
——致莫渝兄

一顆淚珠阻止不了
遠方的戰爭
更多欲望的荊棘路上
有雪國飄剩的夢絮

後記

自由酒和乳房都安息
英雄家族有詩

午後的流浪
空寂蟄伏詩人獨行去了
招魂曲無法越境
那邊的銅像上有淡出的輓歌
家鄉列隊在歡迎初春的雨露早歸
一起驚奇小小稻穗上的毫芒
田園書寫畫意
曠野和霧呼喚晨曦
戀人走過月影臨窗
微笑石雕從此可以自己單飛

擁抱詩，過去認為是一種很奢侈的享受；現在肅穆華嚴感沒有了，反而可以很平民自在的在詩的國度裏蹁躚蹀躞。這種不期美感而美感自來的情況，在遇見一羣特別會「不經意」製造趣事的朋友相靡盪時，往往刹那間就「洶湧心頭」而讓我莫名的興奮一陣。暑碩一二十四位朋友在「語文研究法」和「論文寫作規範」兩門課中的「熱情」投入，不論是侃侃而談「大話題」，還是激辯一些「雞毛蒜皮的小事」，總不乏可以一次又一次提供我擁抱詩的題材在課裏課外暈染牽蔓，才不過幾次的相處我就隨機寫了三首詩：

一隻被關在外面的貓

兩條狗看守一片斑駁的牆
背後留有灰色的等待
懶懶斜照著的陽光中摻雜炙熱的風
切過寂寥的記憶地帶
牠在窗外深深的發現了自己

孤獨可以成為一種美感
色彩卻被警覺性綁架
許久都還有不同的觀點在保存角色的分配
你想你的夢我想我的晚餐
如果交集了就會跑出冷酷不笑的美女

歷史曾經覆蓋過太多刻板的憐愛
距離的神祕會給一個公道
那邊有伸展臺走出去就能夠遇見掌聲
不要回看這個包裝撐滿的世界
一隻貓被關在外面得到了沉溺飽飫的自由

冰棒多少重量

走進熟悉的教室
看見陌生洋溢的激動
他們在吃冰
給了我一支牛奶口感的
有草原奔放的味道
服裝的笑話冗長得很開懷
都是他們配合編撰的

臺上的白髮男子心中丟掉了一塊鉛
你訂的規範有趣但缺乏營養
他出的論題蒙著霧需要大力消除
我草率的結語卻沒有人啐嘴並用腳抗議
也許是那支冰棒的關係
它讓我們清醒也讓我們瘋狂

閑情十行

頭打結了
說話的人忘記一句潛臺詞
可以引起室內詩的流動
不對是頭腦打結了
越辯非真理越遠離言語的急躁
紛紛走下臺尋找失去的琴聲

應該是腦筋打結吧
一場滿漢全席的擺筵比賽
把我們趕進時光隧道
都窒息了再重新甦活過來

奧登（W.H.Auden）說：「詩人和語言結婚，然後生出詩來。」一般結婚，雙方都得有「愛」、「勇氣」和「機智」等，否則會「一塌糊塗」！而這在寫詩上，則要靠「意識形態」、「道德信念」和「審美能力」等多方的撐持，所生出的「詩」才不致一看就逕等於「詩人」或「語言」。雖然這同樣會有「文化差異」而得像前面所述那樣「分別標立」，但它的可感性和可企求性，始終會或隱或顯的散發著一股「超然物外」或「與人商兌」的魅力。我很享受這種擁抱詩時心靈被大家共營創意場域所催化的感覺；縱使依然「自居詩人」不深，但習玩語言而醞釀詩的「密合」感卻頗有心得。只是沒有能耐和閑暇進一步去想像：「到了讀者手中，一場詩的婚禮到底被窺見或被遐思了什麼！」

期末約暑碩二和暑碩一的朋友餐敘，兩次都在米巴奈品嚐原住民美食。跟暑碩二那一次，恰巧有輕颱襲境，夜景不安，大家說說笑笑就過去了，還沒有詩。而跟暑碩一那一次，正逢「八八節」，起先也沒有詩，後來有了；班代秀瑛早預備了一盒蛋糕和一張賀卡，賀卡上面有秀瑛的題辭領銜全班簽名，「哦，還有一首詩！」（我在心中喊了出來）撰寫人是彥佑。他離座到前面帶著磁性的嗓音朗誦著：

題詩

燦爛的語言　時光的研究
在堤防中央行吟書寫
皺紋比漁網還要密實　卻
撈不住　青春的文法
翻開澄黃的　一本
有字天書　符號
瞇成了蛀書蟲　數量
比海浪還洶湧　厚度
比島嶼還沉重

嚥下海味的滿漢全席
竟不如米巴奈的原民餐
舌端越來越挑剔

難懂的註解
也在尋找出口　鑽出
狹窄的典故
終究綑綁　打包　掛號送達

結束後，我分別給彥佑和秀瑛一個特別的禮敬，並感謝大家讓我獲得了一首「再也書寫不完的詩」！真的，在東海岸的相遇，兩班朋友純情待我，就像一首永遠寫不到盡頭的詩，這個記憶得用時間來珍藏。

當時正在跟學位論文奮戰的幾位朋友，包括明玉、璧玉、玉滿、佩佩、惠珠、靜文、意爭、秀芳以及護花使者子江，他們也在「八八節」隔天的「學位論文寫作」課中為我賀節，寫卡片、請吃蛋糕飲料，還送「善存」（怕我太過「勞累」，要給我補一補）。那個晚上，我又失眠了，感懷盡在一首寫了許久才寫成的詩上：

新四季紅

沒有颱風的颱風夜
東海岸在幾響拉炮的撫慰中飛翔了

室內情感的溫度像一瓶濃烈的酒
飲後醒覺有十分的陶然
從此文字的跳躍會多出幾許的曼妙

現在糕點和飲品都享用了
你們的盛情帶來一籮筐的甜意
密密的滴實我出缺的記憶
在那過往潛越的年代裏
曾經歡忭的相逢

回神收到的祝福我看見
滿溢的明壁上的光華
文靜的要爭睹佩在襟帶的一顆珠
潤澤留給從江邊來的芳菲
天堂家族正在創造歷史

海雨天風還在子夜的空中佯狂
綠島小夜曲能否補救秋蟬忘了計算

我的武功祕笈按時吃進維他命
會沉沉的許願你們背起不可能的任務
春風得意歸來領取一杯香醇的咖啡

印送給他們前，意爭笑稱：「到時候我們要多準備一點面紙……」隔天，我唸完後，針對「這一點」說：「你們如果想『感動掉淚』的話，不妨把它留給惠珠，因為她將流浪教師的心情寫得入木三分、悲感十足！」的確是這樣。他們跟我寫論文，我最放心不下的還是有幾位到現在還在靠代課度日。至於學位論文，老實說，拚了命一定寫得出來。

課程結束前夕，暑碩二的班代霏燕代表將全班簽名的布魯克斯（C.Brooks）、沃倫（R.P.Warren）合著的《小說鑑賞》送我，書的超厚度可比他們的心意，是一份珍貴的禮物。而我的〈後記〉可記的故事，似乎也到這裏可以暫告一個段落了。兩年來，講課、討論互動以及相關美好因緣的環繞等，都直接間接的促動我再寫這本詩集的動力；而不論詩集本身正在穿透什麼「歷史文化重負」的薄霧，它都是我一貫不捨「當情」無謂流逝的體現。

最後感謝友人賴賢宗教授為詩集寫序以及暑碩一這羣朋友為詩集寫評論。他們多角度的衡鑑我的詩，也讓我看見了我自己內在 些未曾察覺的情欲和謀知企圖。詩集第43首和第44首內的圖示多有參考意爭的意見繪製，特此註明。一切都就緒後，我問幫我彙集評論稿件的佩佩：

「你一樣看過我那些怪怪的詩，是不是也說幾句話？」

她笑而不答。

再問幫我統稿的羿伶。

「我偷瞄了。」她說。

周慶華

2008年初於臺東

國家圖書館出版品預行編目

剪出一段旅程 / 周慶華著. -- 一版. -- 臺北
市：秀威資訊科技, 2008.02
面； 公分. -- （語言文學類；PG0174東大詩叢6）

ISBN 978-986-6732-84-3(平裝)

851.486 97002005

BOD Books on Demand 語言文學類 PG0174

東大詩叢 6：剪出一段旅程

作　　者 / 周慶華
發 行 人 / 宋政坤
執行編輯 / 詹靚秋
圖文排版 / 鄭維心
封面設計 / 莊芯媚
數位轉譯 / 徐真玉　沈裕閔
圖書銷售 / 林怡君
法律顧問 / 毛國樑　律師
出版印製 / 秀威資訊科技股份有限公司
台北市內湖區瑞光路583巷25號1樓
電話：02-2657-9211　傳真：02-2657-9106
E-mail：service@showwe.com.tw
經 銷 商 / 紅螞蟻圖書有限公司
台北市內湖區舊宗路二段121巷28、32號4樓
電話：02-2795-3656　傳真：02-2795-4100
http://www.e-redant.com

2008 年 2 月　BOD 一版
定價：300 元

讀　者　回　函　卡

感謝您購買本書，為提升服務品質，煩請填寫以下問卷，收到您的寶貴意見後，我們會仔細收藏記錄並回贈紀念品，謝謝！

1.您購買的書名：＿＿＿＿＿＿＿＿＿＿＿＿＿＿

2.您從何得知本書的消息？

☐網路書店　☐部落格　☐資料庫搜尋　☐書訊　☐電子報　☐書店

☐平面媒體　☐ 朋友推薦　☐網站推薦　☐其他＿＿＿＿＿

3.您對本書的評價：(請填代號　1.非常滿意 2.滿意 3.尚可 4.再改進)

封面設計＿＿　版面編排＿＿　內容＿＿　文/譯筆＿＿　價格＿＿

4.讀完書後您覺得：

☐很有收獲　☐有收獲　☐收獲不多　☐沒收獲

5.您會推薦本書給朋友嗎？

☐會　☐不會，為什麼？＿＿＿＿＿＿＿＿＿＿＿＿＿＿＿＿＿

6.其他寶貴的意見：＿＿＿＿＿＿＿＿＿＿＿＿＿＿＿＿＿＿＿

＿＿＿＿＿＿＿＿＿＿＿＿＿＿＿＿＿＿＿＿＿＿＿＿＿＿＿

＿＿＿＿＿＿＿＿＿＿＿＿＿＿＿＿＿＿＿＿＿＿＿＿＿＿＿

＿＿＿＿＿＿＿＿＿＿＿＿＿＿＿＿＿＿＿＿＿＿＿＿＿＿＿

讀者基本資料

姓名：＿＿＿＿＿＿＿＿＿＿　年齡：＿＿＿　性別：☐女　☐男

聯絡電話：＿＿＿＿＿＿＿＿　E-mail：＿＿＿＿＿＿＿＿＿＿

地址：＿＿＿＿＿＿＿＿＿＿＿＿＿＿＿＿＿＿＿＿＿＿＿＿＿

學歷：☐高中(含)以下　☐高中　☐專科學校　☐大學

☐研究所(含)以上　☐其他＿＿＿＿＿＿＿

職業：☐製造業　☐金融業　☐資訊業　☐軍警　☐傳播業　☐自由業

☐服務業　☐公務員　☐教職　☐學生　☐其他＿＿＿＿＿

請貼
郵票

To：114

台北市內湖區瑞光路 583 巷 25 號 1 樓

秀威資訊科技股份有限公司　　　收

寄件人姓名：

寄件人地址：□□□

(請沿線對摺寄回,謝謝!)

秀威與 BOD

BOD（Books On Demand）是數位出版的大趨勢，秀威資訊率先運用 POD 數位印刷設備來生產書籍，並提供作者全程數位出版服務，致使書籍產銷零庫存，知識傳承不絕版，目前已開闢以下書系：

一、BOD 學術著作—專業論述的閱讀延伸
二、BOD 個人著作—分享生命的心路歷程
三、BOD 旅遊著作—個人深度旅遊文學創作
四、BOD 大陸學者—大陸專業學者學術出版
五、POD 獨家經銷—數位產製的代發行書籍

BOD 秀威網路書店：www.showwe.com.tw
政府出版品網路書店：www.govbooks.com.tw

永不絕版的故事・自己寫・永不休止的音符・自己唱